U0694190

该撒遇弒记

（今译为《裘力斯·凯撒》）

【英】莎士比亚 著

朱生豪 译

朱尚刚 审订

中国青年出版社

献 辞

谨以此书献给

父亲朱生豪诞辰 100 周年！

—— 朱尚刚

本书系

朱尚刚先生推荐的

莎士比亚戏剧朱生豪原译本

目录

莎士比亚戏剧朱生豪原译本
珍藏全集

"莎士比亚戏剧朱生豪原译本珍藏全集"丛书，其中 27 部是根据 1947 年（民国三十六年）世界书局出版、朱生豪翻译的《莎士比亚戏剧全集》（三卷本）原文，四部历史剧（《约翰王》、《理查二世的悲剧》、《亨利四世前篇》、《亨利四世后篇》）是借鉴 1954 年作家出版社出版、朱生豪翻译的《莎士比亚戏剧集》（十二），同时参考其手稿出版的。

朱生豪翻译莎士比亚戏剧以"保持原作之神韵"为首要宗旨。他的译作也的确实现了这个宗旨，以其流畅的译笔、华赡的文采，保持了原作的神韵，传达了莎剧的气派，被誉为翻译文学的杰作，至今仍受到读者的热烈欢迎和学界的高度评价。许渊冲曾评价说，二十世纪我国翻译界可以传世的名译有三部：朱生豪的《莎士比亚全集》、傅雷的《巴尔扎克选集》和杨必的《名利场》。

于是，朱生豪译本成为市场上流通最广的莎剧图书，发行量达数千万册。但鲜为人知的是，目前市场上有几十种朱译莎剧的版本，虽然都写着"朱生豪译"，但所依据的大多是人民文学出版社 1978 年的"校订本"——上世纪 60 年代初期，人民文学出版社组织一批国内一流专家对朱生豪原译本进行校订和补译，1978 年出版成"校订本"——经校订的朱译莎剧无疑是对原译本的改善，但在某种意义上来说，校订者和原译者的思维定式和语言习惯不同，因此经校订后的译文在语言风格的一致性等方面受到了影响，还有学者对某些修改之处也提出存疑，尤其是以"职业翻译家"的思维方式，去校订和补译"文学家翻译"的译本语言，不但改变了朱生豪原译之味道，也可能在一定程度上影响了莎剧"原作之神韵"的保持。

当流行的朱译莎剧都是"被校订"的朱生豪译本时，时下读者鲜知人文校订版和"朱生豪原译本"的差别，错把冯京当马凉，几乎和本色的朱生豪译作失之交臂。因此，近年来不乏有识之士呼吁：还原朱生豪原译之味道，保持莎剧原作之神韵。

中国青年出版社根据朱生豪后人朱尚刚先生推荐的原译版本，对照朱生豪翻译手稿进行审订，还原成能体现朱生豪原译风格、再现朱译莎剧文学神韵的"原译本"系列，让读者能看到一个本色的朱生豪译本（包括他的错漏之处）。

1947 年（民国三十六年），世界书局首次出版朱生豪译的《莎士比亚戏剧全集》时，曾计划先行出版"单行本"系列，朱生豪夫人宋清如女士还为此专门撰写了"单行本序"，后因直接出版了三卷本的"全集"，未出单行本而未采用。2012 年，朱生豪诞辰 100 周年之际，经朱尚刚先生授权，以宋清如"单行本序"为开篇，中国青年出版社"第一次"把朱生豪原译的 31 部莎剧都单独以"原译名"成书出版，制作成"单行本珍藏全集"。

谨以此向"译界楷模"朱生豪 100 周年诞辰献上我们的一份情意！

2012 年 8 月

《莎剧解读》序（节选）

我们在翻译中，首先碰到的问题就是评论中所引用的莎士比亚原文，究竟由我们自己翻译出来，还是借用接任已有的翻译。我们决定借用别人的译文。当时译出的莎剧已经不少，译者大多都是名家，但我们毫不迟疑地选择了朱生豪的译本。朱的译文于抗战时期在世界书局出版，装订为三厚册。他翻译此书时，年仅三十多岁。他不顾当时环境艰苦，条件简陋，以极大的毅力和热忱，完成了这项难度极高的巨大工程，真是令人可敬可服。一九五四年，人民文学出版社将它再版重印，分为十二册，文字没有作什么更动，只是将有些剧本的名字改得朴素一点。我们在翻译莎剧评论时，所援引的原著译文就是根据这一版本。当时我见到主持出版社工作的老友适夷，对他说，他办了一件好事。不料后来，出版社却把这一版本停了，改出新的版本。新版本补充了朱生豪未译的几个历史剧，而对朱译的其他各剧，则请人再据原文校改。校改者虽然大多尊重原译，但是在个别文字上也作了不少订正。从个别字汇来看，不能说这些订正不对，校改者所订正的某些字，确实比原译更确切。但从整体来看，还有原译的精神面貌问题，即传神达旨的问题必须加以考虑。拘泥原著每个字的准确性，不一定就更能传达原著的总体精神面貌。相反，有时甚至可能会损害原著的整体精神。我国古代文论中，刘勰有所谓"谨发而易貌"的说法，即是指此。这意思是说，画家倘拘泥于去画人的每根头发，反而是会使人的面貌走样。汤用彤曾说魏晋识鉴在神明。从那时起我国审美趣味十分重视传神达旨。刘知几《史通》区分了貌同心异与貌异心同两种不同的模拟，认为前者为下，后者为上，也是阐明同一道理。过去我们的翻译理论强调直译，这在一定时期（或在纠正不负责任随心所欲的意译之风时）是必要的，但如果强调过头，忽略传神达旨的重要，那也成为另一种一偏之见了。朱译在传神达旨上可以说是首屈一指的，所以我们翻译莎剧评论引用原剧文字时，仍用未经动过的朱译。我们准备这样做也得到了满涛的同意。后来他在翻译中倘遇到莎剧文字，也同样援用一九五四年出的朱译本子。直到后来，我才知道，朱生豪和我少年时代的老师任铭善先生是大学的同学而且友善，二人在校时即同组诗社唱和。有趣的是任先生学的是外文，后来却弃外文而专攻国学；而朱生豪在校时，读的是中文，后来却弃中文而投身莎士比亚的翻译。朱的译文，不仅优美流畅，而且在韵味、音调、气势、节奏种种行文微妙处，莫不令人击节赞赏，是我读到莎剧中译的最好译文，迄今尚无出其右者。

（此部分摘录自歌德等著，张可、王元化译的《莎剧解读》，经王元化家属桂碧清女士特别授权使用。）

莎氏剧集单行本序[①]

文／宋清如

盖惟意志坚强，识见卓越之士，为能刻苦淬砺，历艰难而不退，守困穷而不移，然后成其功遂其业。吾于生豪之译莎氏剧本全集，亦不得不云然。余识生豪久，知生豪深，洞悉其译莎剧之始末。且大部之成，余常侍其左右，故每念其沥尽心血，未及完工，竟以身殉，恒不自禁其哀怨之切也。

生豪秀水人，幼具异禀，早失怙恃，性情温和若女子。然意志刚强，识见卓越，平生无嗜好，洁身自爱，不屑略涉非礼，颇有伯夷之风。年十八卒业于邑之秀州中学，入杭州之江大学工国文英文两科，师友皆目为杰出之人才。卒业后于世界书局任英文编辑，每公事毕辄浏览群书，尤嗜诗歌。后乃悉心研究莎氏剧本，从事移植。尝谓莎翁著作足以冠盖千古，超越千古，而我国至今尚无全集之译本，诚足令人齿

---

① 1947年世界书局曾经考虑在出版三卷本的《莎士比亚戏剧全集》前先出系列单行本，为此宋清如女士专门拟写了序。后来世界书局没有出单行本，直接出全集了，这篇序也就没有采用。经朱尚刚先生授权，首次在珍藏版莎士比亚戏剧系列单行本上独家采用。——编者注

冷。余决勉为其难，一洗此耻。其译作之经过，略见于其自序。厥后因用心过度，精神日损而贫困日甚。译事伤其神，国事家事短其气，而孜孜矻矻工作益勤，操心益苦。不幸竟于三十三年六月肺疾加剧，委顿床席，奔走无方，医药不继，终致于十二月廿六日未时谢世，年仅三十又四[①]。莎剧全集尚缺五本又半，抱志未酬，哀哉痛哉！

生豪喜诗歌，早年著作均失于战火。尝自辑其旧体诗歌，釐为四卷，分歌行、漫越、长短句及译诗，而命之谓《古梦集》。新体诗则有《小溪集》、《丁香集》等。皆于中美日报馆被占时失去。今所存仅少数新诗耳。

自致力译莎工作以后，绝少写作。良以莎翁作品使之心醉神往，反觉己之粗疏浅陋，不能自惬于怀。尝拟于莎剧全集译竣而后，再译莎翁十四行诗。不意大业未就，遽而弃世。才人命蹇，诚何痛惜！生豪于中国诗人中，酷爱渊明，盖其恬淡之性，殊多同趣也。至于译笔之优劣短长，自有公论，余不欲以偏见淆其面目也。

---

① 朱生豪生于 1912 年 2 月（阴历为壬子年 12 月），1944 年 12 月去世，去世时是 32 周岁，但若按阴历虚岁计算的话，就是 34 岁。——编者注

剧中人物

裘力斯·该撒

奥克泰维斯·该撒

玛格斯·安东尼   } —— 该撒死后的三人执政

哀密力斯·勒必特斯

西瑟洛

泼勃力斯   } —— 元老

朴必力斯·利那

玛格斯·勃鲁脱斯

凯歇斯

开斯加

脱雷蓬涅斯

利加力斯   } —— 反对该撒的叛党

第歇斯·勃鲁脱斯

茂替勒斯·沁勃

辛那

弗雷维斯   } —— 护民官

玛鲁勒斯

阿替密多勒斯—— 克尼陀斯的诡辩学者

预言者

辛那——诗人

另一诗人

卢西力斯
泰替涅斯
梅萨拉　　　——勃鲁脱斯及凯歇斯的友人
小恺多
伏伦涅斯

伐罗
克利脱斯
刻劳迪斯
史脱拉多　　——勃鲁脱斯的仆人
琉息斯
达但涅斯

宾达勒斯——凯歇斯的仆人

卡莆妮霞——该撒之妻

鲍细霞——勃鲁脱斯之妻

元老，市民，卫队，侍从等

地点

　　大部分在罗马；后半一部分在萨狄斯，一部分在
腓利比附近

第一幕

倘不是天上起了纷争，一定
因为世人的侮慢激怒了神明，
使他们决心把这世界毁灭。

第一场　罗马；街道

【弗雷维斯，玛鲁勒斯，及若干平民上。

弗　　去！回家去，你们这些懒得做事的东西，回家去。
　　　今天是放假的日子吗？嘿！你们难道不知道，你们
　　　做工艺的人，在工作的日子走到街上来，一定要把你
　　　们职业的符号带在身上吗？说，你是做什么生意的？

平民甲　呃，先生，我是一个木匠。

玛　　你的革裙，你的尺呢？你穿起新衣服来干什么？你，
　　　你是做什么生意的？

平民乙　先生，我希望我干的行业可以对得起自己的良心；
　　　我不过是替人家补补破鞋子的。

玛　　混账东西，说明白一些你是干什么的？

平民乙　嗳，先生请您不要对我生气；要是您的鞋子破了，
　　　先生，我也可以替您补一补的。

弗　　你是一个补鞋匠吗？

平民乙　不瞒您说，先生，我的吃饭家伙就只有一把钻子；
　　　我也不会动斧头锯子，我也不会做针线女工，我就

只有一把钻子。实实在在，先生，我是专治破旧靴鞋的外科医生；它们倘然害着危险的重病，我都可以把它们救活过来。那些脚踏牛皮的体面绅士，都曾请教过我哩。

弗　　可是你今天为什么不在你的铺子里作工？为什么你要领着这些人在街上走来走去？

平民乙　　不瞒您说，先生，我要叫他们多走破几双鞋子，让我好多做几注生意。可是实实在在，先生，我们今天因为要迎接该撒，庆祝他的凯旋，所以才放了一天假。

玛　　为什么要庆祝呢？他带了些什么胜利回来？他的战车后面縶缚着几个纳土称臣的俘囚君长？你们这些木头石块，冥顽不灵的东西！冷酷无情的罗马人啊，你们忘记了邦贝吗？好多次你们爬到城墙上，雉堞上，有的登在塔顶，有的倚着楼窗，还有人高据烟囱的顶上，手里抱着婴孩，整天地坐着耐心等候，为了要看一看伟大的邦贝经过罗马的街道；当你们看见他的马车出现的时候，你们不是齐声欢呼，使蒂勃河里的流水，因为听见你们的声音在凹陷的河岸上发出反响而颤栗吗？现在你们却穿起了新衣服，放假庆祝，把鲜花散布在踏着邦贝的血迹凯旋回来的那人的路上吗？快去！奔回你们的屋子里。跪在地上，祈祷神明饶恕你们的忘恩负义吧，否则上天的灾祸一定要降在你们头上了。

弗　　去，去，各位同胞，为了你们这一个错误，赶快把你们所有的伙伴们集合在一起，带他们到蒂勃河的边上，把你们的眼泪浇下了河中，让那最低的水流也会和那最高的堤岸接吻。（众平民下）瞧这些下流的材料也会天良发现；他们因为自知有罪，一个个哑口无言地去了。您打那一条路向圣殿走去；我打这一条路走。要是您看见他们在偶像上披着锦衣彩饰，就把它撕下来。

玛　　我们可以这样做吗？您知道今天是卢钵葛节[1]。

弗　　别管它；不要让偶像身上悬挂着该撒的胜利品。我要去驱散街上的愚民；您要是看见什么地方有许多

---

① 卢钵葛节 (Lupercal)，二月十五日，纪念罗马城建立之节日。——译者注

人聚集在一起，也要把他们打发走开。我们应当趁
早剪拔该撒的羽毛，让他无力高飞；要是他羽毛既
长，一飞冲天，我们大家都要在他的足下俯伏听命
了。（各下）

第二场 同前；广场

【该撒率众列队奏乐上；安东尼作竞走装束，卡弗妮
霞，鲍细霞，第歇斯，西瑟洛，勃鲁脱斯，凯歇斯，
开斯加同上；大群民众随后，其中有一预言者。

该　　卡弗妮霞！

开　　肃静！该撒有话。（乐止）

该　　卡弗妮霞！

卡　　有，我的主。

该　　你等安东尼快要跑到终点的时候，就到跑道中间站
　　　在和他当面的地方。安东尼！

安　　有，该撒，我的主。

该　　安东尼，你在奔走的时候，不要忘记用手碰一碰卡
　　　弗妮霞的身体；因为有年纪的人都说，不孕的妇人
　　　要是被这神圣的竞走中的勇士碰了，就可以解除乏
　　　嗣的咒诅。

安　　我一定记得。该撒吩咐做什么事，就得立刻照办。

该　　　现在开始吧；不要遗漏了任何仪式。（音乐）

预言者　　该撒！

该　　　吓！谁在叫我？

开　　　所有的声音都息下去；肃静！（乐止）

该　　　谁在人丛中叫我？我听见一个比一切乐声更尖锐的声音喊着"该撒"的名字。说吧；该撒在听着。

预言者　　留心三月十五日。

该　　　那是什么人？

勃　　　一个预言者请您留心三月十五日。

该　　　把他带到我的面前；让我瞧瞧他的脸。

开　　　家伙，跑出来见该撒。

该　　　你刚才对我说什么？再说一遍。

预言者　　留心三月十五日。

该　　　他是个做梦的人；不要理他。过去。（吹号；除勃、凯外均下）

凯　　　您也去看他们赛跑吗？

勃　　　我不去。

凯　　　去看看也好。

勃　　　我不喜欢干这种陶情作乐的事；我没有安东尼那样

活泼的精神。不要让我打断您的兴致，凯歇斯；我先去了。

凯　　　勃鲁脱斯，我近来留心观察您的态度，觉得在您的眼光之中，对于我已经没有从前那样的温情和友爱；您对于爱您的朋友，太冷淡而疏远了。

勃　　　凯歇斯，不要误会。要是我在自己的脸上罩着一层阴云，那只是因为我自己心里有些烦恼。我近来为某种情绪所困苦，某种不可告人的隐忧，使我在行为上也许有些反常的地方；可是，凯歇斯，您是我的好朋友，请您不要因此而不快，也不要因为可怜的勃鲁脱斯和他自己交战，忘记了对别人的礼貌，而责怪我的怠慢。

凯　　　那么，勃鲁脱斯，我大大地误会了您的心绪了；我因为疑心您对我有什么不满，所以有许多重要的值得考虑的意见，我都藏在自己的心头，没有跟您提起。告诉我，好勃鲁脱斯，您能够瞧见您自己的脸吗？

勃　　　不，凯歇斯；因为眼睛不能瞧见它自己，必须借着反射，借着外物的力量。

凯　　　不错，勃鲁脱斯，可惜您却没有这样的镜子，可以把您隐藏着的贤德照射到您的眼里，让您看见您自己的影子。我曾经听见那些在罗马最有名望的人，——除了不朽的该撒以外，——说起勃鲁脱斯，他们呻吟于当前的桎梏之下，都希望高贵的勃鲁脱斯睁开他的眼睛。

勃　凯歇斯，您要我在我自己身上寻找我所没有的东西，到底是要引导我去干什么危险的事呢？

凯　所以，好勃鲁脱斯，留心听着吧；您既然知道您不能瞧见您自己，像在镜子里照见得那样清楚，我就可以做您的镜子，并不夸大地把您自己所没有知道的自己揭露给您看。不要疑心我，善良的勃鲁脱斯；倘然我是一个胁肩谄笑之徒，惯常用千篇一律的盟誓向每一个人矢陈我的忠诚；倘然您知道我会当着人家的面向他们献媚，把他们搂抱，背了他们就用诽语毁谤他们；倘然您知道我是一个常常跟下贱的平民酒食征逐的人，那么您就认为我是一个危险分子吧。（喇叭奏花腔，众欢呼声）

勃　这一阵欢呼是什么意思？我怕人民会选举该撒做他们的王。

凯　　嗯您怕吗？那么看来您是不赞成这回事了。

勃　　我不赞成，凯歇斯；虽然我很敬爱他。可是您为什么拉住我在这儿？您有什么话要对我说的？倘然那是对大众有利的事，那么让我的一只眼睛看见光荣，另一只眼睛看见死亡，我也会同样无动于中地正视着它们；因为我喜爱光荣的名字，甚于恐惧死亡。

凯　　我知道您有那样内在的美德，勃鲁脱斯，正像我知道您的外貌一样。好，光荣正是我的谈话的题目。我不知道您和其他的人对于这一个人生抱着怎样的观念；可是拿我个人而论，假如要我为了自己而担惊受怕，那么我还是不要活着的好。我生下来就跟该撒同样的自由；您也是一样。我们都跟他同样地享受过，同样地能够忍耐冬天的寒冷。记得有一次，在一个狂风暴雨的白昼，蒂勃河里的怒浪正在冲激着她的堤岸，该撒对我说，"凯歇斯，你现在敢不敢跟我跳下这汹涌的波涛里，泅到对面去？"我一听见他的话，就穿着随身的衣服跳了下去，叫他跟着我；他也跳了下去。那时候滚滚的急流迎面而来，我们用壮健的臂力拼命抵抗，用顽强的心破浪前进；

可是我们还没有达到预定的目标，该撒就叫起来说，"救救我，凯歇斯，我要沉下去了！"正像我们伟大的祖先伊尼阿斯从特洛埃的烈焰之中把年老的安契瑟斯肩负而出一样，我把力竭的该撒负出了蒂勃河的怒浪。这个人现在变成了一尊天神，凯歇斯却是一个倒霉的家伙，要是该撒偶然向他点一点头，也必须俯下他的身子。他在西班牙的时候，曾经害过一次热病，我看见那热病在他身上发作，他的浑身都战抖起来；是的，这位天神也会战抖；他的懦怯的嘴唇失去了血色，那使全世界惊悚的眼睛也没有了光彩；我听见他的呻吟；是的，他那使罗马人耸耳而听，使他们把他的说话记载在书册上的舌头，唉！却吐出了这样的呼声，"给我一些水喝，泰替涅斯"，就像一个害病的女儿一样。神啊，像这样一个心神软弱的人，却会征服这个伟大的世界，独占着胜利的光荣，真是我所再也想不到的事。（喇叭奏花腔；欢呼声）

勃 又是一阵大众的欢呼！我相信他们一定又把新的荣誉加在该撒的身上，所以才有这些喝采的声音。

凯

嘿，老兄，他像一个巨人似的跨越这狭隘的世界；
我们这些渺小的凡人一个个在他粗大的腿下行走，
四处张望着替自己找寻不光荣的坟墓。人们有时可
以支配他们自己的运命；要是我们受制于人，亲爱
的勃鲁脱斯，那错处并不在我们的命运，而是在我
们自己。勃鲁脱斯和该撒；"该撒"那个名字又有
什么了不得？为什么人们只是提起它而不提起勃鲁
脱斯？把那两个名字写在一起，您的名字并不比他
的难看；放在嘴上念起来，它也是一样顺口；秤起
重量来，它们是一样的重；要是用它们呼神召鬼，"勃
鲁脱斯"也可以同样感动幽灵，正像"该撒"一样。
凭着一切天神的名字，我们这位该撒究竟吃些什么
肥甘美食，才会长得这样伟大？可耻的时代！罗马
啊，你的高贵的血统已经中断了！自从洪水以后，
什么时代你不曾产生一个以上的著名人物？直到现
在为止，什么时候人们谈起罗马，能够说，她的广
大的城墙之内，只是一个人的世界？要是罗马给一
个人独占了去，那么它真的变成无人之境了。啊！
你我都曾听见我们的父老说过，从前罗马有一个勃

鲁脱斯，不愿让他的国家被一个君主所统治，正像
他不愿让它被永劫的恶魔统治一样。

勃　我一点不怀疑您对我的诚意；我也有些明白您打算
鼓动我去干什么事；我对于这件事的意见，以及对
于目前这一种局面所取的态度，以后可以告诉您知
道，可是现在却不愿作进一步的表示或行动，请您
也不必向我多说。您已经说过的话，我愿意仔细考
虑；您还有些什么话要对我说的，我也愿意耐心静
听，等有了适当的机会，我一定洗耳以待，畅聆您
的高论，并且还要把我的意思向您提出。在那个时
候没有到来以前，我的好友，请您记住这一句话：勃
鲁脱斯宁愿做一个乡野的贱民，不愿在这种将要加到
我们身上来的难堪的重压之下自命为罗马的儿子。

凯　我很高兴我的微弱的言辞已经从勃鲁脱斯的心中激
起了这一点点火花。

勃　竞赛已经完毕，该撒在回来了。

凯　当他们经过的时候，您去拉一拉开斯加的衣袖，他
就会用他那种尖酸刻薄的口气，把今天值得注意的
事情告诉您。

【该撒及随从诸人重上。

勃　　很好。可是瞧，凯歇斯，该撒的额角上在闪动着怒火，
　　　　跟在他后面的那些人一个个垂头丧气，好像挨过一
　　　　顿骂似的：卡弗妮霞脸颊惨白，西瑟洛的眼睛里充
　　　　满着懊丧愤恨的神色，就像我们看见他在议会里遭
　　　　到什么元老的驳斥的时候一样。

凯　　开斯加会告诉我们为了什么事。

该　　安东尼！

安　　该撒。

该　　我要那些身体长得胖胖的，头发梳得光光的，夜里
　　　　睡得好好的人在我的左右。那个凯歇斯有一张消瘦
　　　　憔悴的脸孔；他太多用心思；这种人是危险的。

安　　别怕他，该撒，他没有什么危险；他是一个高贵的
　　　　罗马人，有很好的天赋。

该　　我希望他再胖一点！可是我不怕他；不过要是我的
　　　　名字可以和恐惧连在一起的话，那么我不知道还有
　　　　谁比那个瘦瘦的凯歇斯更应该避得远远的了。他读
　　　　过许多书；他的眼光很利害，能够窥测他人的行动；
　　　　他不像你，安东尼，一样欢喜游戏；他从来不听音乐；

他不大露笑容，笑起来的时候，那神气之间，好像
在讥笑他自己竟会被一些琐屑的事情所引笑似的。
像他这种人，要是看见有人高过他们，心里就会觉
得不舒服，所以他们是很危险的。我现在不过告诉
你那一等人是可怕的，并不是说我惧怕他们，因为
我永远是该撒。跑到我的右边来，因为这一只耳朵
是聋的；实实在在告诉我你觉得他这个人怎么样。

（吹号；该及随从诸人下，开斯加留后）

开　　您拉扯我的外套；要跟我说话吗？

勃　　是的，开斯加；告诉我们今天该撒为什么脸色这样
　　　郁郁不乐。

开　　怎么，您不是也跟他在一起的吗？

勃　　要是我跟他在一起，那么我也用不到问开斯加了。

开　　嘿，有人把一顶王冠献给他；他用他的手背这么一
　　　摆拒绝了；于是民众欢呼起来。

勃　　第二次的喧哗又是为着什么？

开　　嘿，也是为了那件事。

凯　　他们一共欢呼了三次；最后一次的呼声是为着什么？

开　　嘿，也是为了那件事。

勃　他们把王冠三次献给他吗？

开　嗯，是的，他三次拒绝了，每一次都比前一次更谦恭；
　　他拒绝了一次，我那些正直的同胞们便欢呼起来。

凯　谁把王冠献给他？

开　嘿，安东尼。

勃　把那情形告诉我们，好开斯加。

开　要我把那情形讲出来，那还是把我吊死了吧。那全
　　然是一幕骗人的把戏；我瞧也不去瞧它。我看见玛
　　克·安东尼献他一顶王冠；其实那也不是什么王
　　冠，不过是一顶普通的冠；我已经对您说过，他第
　　一次把它拒绝了；可是虽然拒绝，我觉得他心里却
　　巴不得把它拿了过来。于是他再把它献给他；他又
　　把它拒绝了；可是我觉得他的手指头却恋恋不舍地
　　不愿意离开它。于是他又第三次把它献上去；他第
　　三次把它拒绝了；当他拒绝的时候，那些乌合之众
　　便高声欢呼，拍着他们粗糙的手掌，抛掷他们汗臭
　　的睡帽，把他们中人欲呕的气息散满在空气之中，
　　因为该撒拒绝了王冠，结果几乎把该撒都熏死了；他
　　一闻到这气息，便晕了过去倒在地上。我那时候瞧着

这光景，虽然觉得好笑，可是竭力抿住我的嘴唇，不

让它笑出来，因为恐怕把这种恶劣的空气吸了进去。

凯　　可是且慢；您说该撒晕了过去吗？

开　　他在市场上倒了下来，嘴边冒着白沫，话都说不出来。

勃　　这是很可能的；他素来就有这种倒下去的毛病。

凯　　不，该撒没有这种病；您，我，还有正直的开斯加，

　　　我们才害着这种倒下去的病。

开　　我不知道您这句话是什么意思；可是我可以确定该

　　　撒是倒了下去。那些下流的群众有的拍手，有的发

　　　出嘘嘘的声音，就像在戏院子里一样；要是我编造

　　　了一句谣言，我就是个骗人的混蛋。

勃　　他清醒过来以后说些什么？

开　　嘿，他在没有倒下以前，看见群众因为他拒绝了王

　　　冠而欢欣，就解开他的衬衣，露出他的咽喉来请他

　　　们宰割。倘然我是一个干活儿做买卖的人，我一定

　　　会听从他的话，否则让我跟那些恶人们一起下地狱

　　　去，于是他就倒下去了。等到他一醒过来，他就说，

　　　要是他做错了什么事，说错了什么话，他要请他们

　　　各位原谅他是一个有病的人。在我站立的地方，有

三四个姑娘喊着说，"唉，好人儿！"从心底里原谅了他；可是不必注意她们，要是该撒刺死了她们的母亲，她们也会同样原谅他的。

勃　　后来他就这样郁郁不乐地去了吗？

开　　嗯。

凯　　西瑟洛说过些什么？

开　　嗯，他说的是希腊话。

凯　　怎么说的？

开　　嗳哟，要是我把那些话告诉了您，那我以后再也不好意思看见您啦；可是那些听得懂他话的人都互相瞧着笑笑，摇摇他们的头；至于讲到我自己，那我可一懂都不懂。我还可以告诉你们其他的新闻；玛鲁勒斯和弗雷维斯因为扯去了该撒像上的彩带，已经被杀死了。再会。骗人的把戏多着呢，可惜我记不起来啦。

凯　　开斯加，您今天晚上愿意陪我吃晚饭吗？

开　　不，我已经跟人家有过约会了。

凯　　明天陪我吃午饭好不好？

开　　嗯，要是我明天还活着，要是您的心思没有改变，要是您的午饭值得一吃，那么我是会来的。

凯　　好；我等着您。

开　　好。再见，两位。（下）

勃　　这家伙越来越乖僻了！他在求学的时候，却是很伶俐的。

凯　　他现在虽然装出这一付迟钝的形状，可是干起勇敢壮烈的事业来，却不会落人之后。他的乖僻对于他的智慧是一种调味品，使人们在咀嚼他的言语的时候，可以感到一种深长的滋味。

勃　　正是。现在我要暂时失陪了。明天您要是愿意跟我谈谈的话，我可以到您府上来看您；或者要是您愿意，就请您到我家里来也好，我一定等着您。

凯　　好，我明天一定来拜访。再会；请您顾念顾念这个世界吧。（勃下）好，勃鲁脱斯，你是个仁人义士；可是我知道你的高贵的天性却可以被人诱入歧途；所以正直的人必须和正直的人为伍，因为谁是那样刚强，能够不受诱惑呢？该撒很不高兴我；可是他很喜欢勃鲁脱斯：倘然现在我是勃鲁脱斯，他是凯歇斯，他就打不动我的心。今天晚上我要摹仿几个人的不同的笔迹，写几封匿名信丢进他的窗里，假装那是好几个市民写给他的，里面所说的话，都是指出罗马人对于他抱着多大的信仰，同时隐隐约约地暗示着该撒的野心。我这样布置好了以后，让该撒坐得安稳一些吧，因为我们倘不能把他摇动下来，就要忍受更黑暗的命运了。（下）

第三场　同前；街道

【雷电交作；开斯加拔剑上，西瑟洛自相对方向上。

西　　晚安，开斯加；您送该撒回去了吗？您为什么气都
　　　喘不过来？为什么把眼睛睁得这样大？

开　　您看见一切地上的权力战栗得像一件摇摇欲坠的东
　　　西，不觉得有动于心吗？啊，西瑟洛！我曾经看见
　　　过咆哮的狂风劈碎多节的橡树；我曾经看见过野心
　　　的海洋奔腾澎湃，把浪沫喷涌到阴郁的黑云之上；
　　　可是我从来没有经历过像今晚这样一场从天上掉下
　　　火块来的狂风暴雨。倘不是天上起了纷争，一定因为
　　　世人的侮慢激怒了神明，使他们决心把这世界毁灭。

西　　啊，您还看见什么奇怪的事情吗？

开　　一个卑贱的奴隶举起他的左手，那手上燃烧着二十
　　　个火炬合起来似的烈焰，可是他一点不觉得灼痛，
　　　他的手上没有一点火烙过的痕迹。在圣殿之前，我
　　　又遇见一头狮子，他睨视着我，生气似的走了过去，
　　　却没有跟我为难；到现在我都没有收起我的剑。

一百个脸无人色的女人吓得缩成一团，她们发誓说她们看见浑身发着火焰的男子在街道上来来去去。昨天正午的时候，夜枭栖在市场上，发出凄厉的鸣声。这种种怪兆同时出现，谁都不能说，"这些都是不足为奇的自然的现象"；我相信它们都是上天的示意，预兆着将有什么重大的变故到来。

西　是的，这是一个变异的时世；可是人们可以照着自己的意思解释一切事物的原因，实际却和这些事物本身的目的完全相反。该撒明天到圣殿去吗？

开　去的；他曾经叫安东尼传信告诉您他明天要到那边去。

西　那么晚安，开斯加；这样坏的天气，还是住在家里的好。

开　再会，西瑟洛。（西下）

【凯歇斯上。

凯　那边是谁？

开　一个罗马人。

凯　听您的声音像是开斯加。

开　　您的耳朵很好。凯歇斯，这是一个多么可怕的晚上！

凯　　对于居心正直的人，这是一个很可爱的晚上。

开　　谁见过这样吓人的天气？

凯　　地上有这么多的罪恶，天上自然有这么多的灾异。
　　　讲到我自己，那么我刚才就在这样危险的夜里在街
　　　上跑来跑去，像这样松开了钮扣，袒露着我的胸膛
　　　去迎接雷霆的怒击；当那青色的交叉的电光似乎把
　　　天空当胸裂开的时候，我就挺着我自己的身体去领
　　　受神火的威力。

开　　可是您为什么要这样冒渎天威呢？当威灵显赫的天
　　　神们用这种可怕的天象惊骇我们的时候，人们是应
　　　该战栗畏惧的。

凯　　开斯加，您太冥顽了，您缺少一个罗马人所应该有
　　　的生命的热力，否则您就是把它藏起来不用。您看
　　　见上天发怒，就吓得脸无人色，呆如木鸡；可是您
　　　要是想到究竟为什么天上会掉下火来，为什么有这
　　　些鬼魂来来去去，为什么鸟兽都改变了常性，为什
　　　么老翁愚人和婴孩都会变得工于心计起来，为什么
　　　一切都脱离了常道，发生那样妖妄怪异的现象，啊，

您要是思索到这一切的真正的原因，您就会明白这是上天假手于它们，警告人们预防着将要到来的一种非常的巨变。开斯加，我现在可以向您提起一个人的名字，他就像这个可怕的夜一样，能够叱咤雷电，震裂坟墓，像圣殿前的狮子一样怒吼，他在个人的行动上并不比你我更强，可是他的势力已经扶摇直上，变得像这些异兆一样可怕了。

开　您说的是该撒，是不是，凯歇斯？

凯　不管它是谁。罗马人现在有的是跟他们的祖先同样的筋骨手脚；可是唉！我们祖先的精神却已经死去，我们是被我们母亲的灵魂所统制着，我们的束缚和痛苦显出我们缺少男子的气概。

开　不错，他们说元老们明天预备立该撒为王；他可以君临海上和陆上的每一处地方，可是我们不能让他在这儿意大利称王。

凯　那么我知道我的刀子应当用在什么地方了；凯歇斯将要从奴隶的羁缚之下把凯歇斯解放出来。就在这种地方，神啊，你们使弱者变成最强壮；就在这种地方，神啊，你们把暴君击败。无论铜墙石塔，密不透风的牢狱，或是坚不可摧的锁链，都不能拘囚坚强的心灵；生命在厌倦了这些尘世的束缚以后，决不会缺少解脱它自身的力量。要是我知道我也肩负着一部分暴力的压迫，我就可以立刻挣脱这一种压力。（雷声继续）

开　　我也能够；每一个被束缚的奴隶都可以凭着他自己的手挣脱他的锁链。

凯　　那么为什么要让该撒做一个暴君呢？可怜的人！我知道他只是因为看见罗马人都是绵羊，所以才会做一头狼；罗马人倘不是一群鹿，他就不会成为一头狮子。谁要是急于生起一场旺火来，必须先用柔弱的草秆点燃；罗马是一些什么不中用的糠屑草料，要去点亮像该撒这样一个卑劣庸碌的人物！可是唉，糟了！你引得我说出些什么话来啦？也许我是在一个甘心做奴隶的人的面前讲这种话，那么我知道我必须因此而受祸；可是我已经准备好了，一切危险我都不以为意。

开　　您在对开斯加讲话，他并不是一个摇唇弄舌泄漏秘密的人。握着我的手；只要允许我跟您合作推翻暴力的压制，我愿意赴汤蹈火，踊跃前驱。

凯　那么很好，我们一言为定。现在我要告诉你，开斯加，

我已经联络了几个勇敢的罗马义士，叫他们跟我去

干一件轰轰烈烈的冒险事业，我知道他们现在一定

在邦贝走廊下等我；因为在这样可怕的夜里，街上

是不能行走的，天色是那么充满了杀机和愤怒，正

像我们所要干的事情一样。

开　站得靠近一些，什么人急忙忙地来了。

凯　那是辛那；我从他的走路的姿势上认得出来。他也

是我们的同志。

【辛那上。

凯　辛那，您这样忙到那儿去？

辛　特为找您来的。那位是谁？茂替勒斯·沁勃吗？

凯　不，这是开斯加；他也是参与我们的计划的。他们

在等着我吗，辛那？

辛　那很好。真是一个可怕的晚上！我们中间有两三个

人看见过怪事哩。

凯　　他们在等着我吗？回答我。

辛　　是的，在等着您。啊凯歇斯！只要您能够劝高贵的
勃鲁脱斯加入我们的一党——

凯　　您放心吧。好辛那，把这封信拿去放在市长的坐椅
上，也许它会被勃鲁脱斯看见；这一封信拿去丢
在他的窗子里；这一封信用蜡胶在老勃鲁脱斯的
铜像上；这些事情办好以后，就到邦贝走廊去，
我们都在那儿。第歇斯·勃鲁脱斯和脱雷蓬涅斯
都到了没有？

辛　　除了茂替勒斯·沁勃以外，都到齐了；他是到您家里
去找您的。好，我马上就去，照您的吩咐把这几封
信放好。

凯　　好了以后，就到邦贝剧场来。（辛下）来，开斯加，
我们两人在天明以前，还要到勃鲁脱斯家里去看他
一次。他已经有四分之三属于我们，只要再跟他谈
谈，他就可以完全加入我们这一边了。

开　　啊！他是众望所归的人；在我们似乎是罪恶的事情，
有了他便可以变成正大光明的义举。

凯　　您对于他，他的才德，和我们对他的极大的需要，

都看得很明白。我们去吧，现在已经过半夜了；在天明以前，我们必须把他叫醒，探探他的决心究竟如何。（同下）

第二幕

我们应当把他当作一颗蛇蛋，与其让它孵出以后害人，不如趁他还在壳里的时候就把他杀死。

第一场 罗马；勃鲁脱斯的花园

【勃鲁脱斯上。

勃　　喂，琉息斯！喂！我不能凭着星辰的运行，猜测现在离白昼还有多少时间。琉息斯，喂！我希望我也睡得像他一样熟。喂，琉息斯，你什么时候才会醒来？醒醒吧！喂，琉息斯！

【琉息斯上。

琉　　您叫我吗，主人？

勃　　替我到书斋里拿一枝蜡烛，琉息斯；把它点亮了到这儿来叫我。

琉　　是，主人。（下）

勃　　只有叫他死这一个办法；我自己对他并没有私怨，只是为了大众的利益。他将要戴上王冠；那会不会改变他的性格是一个问题；蝮蛇是在光天化日之下出现的，所以步行的人必须刻刻提防。让他戴上王冠？——不！那等于我们把一个毒刺给了他，使他可以随意加害于人。把不忍之心和威权分开，那威权就会被人误用；讲到该撒这个人，说一句公平话，我还不曾知道他什么时候曾经信任他的感情的支配甚于他的理智。可是微贱往往是少年的野心的阶梯，凭借着它一步步爬上了高处；当他一旦登上了最高的一级之后，他便不再回顾那梯子，他的眼光仰望着云霄，瞧不起他从前所恃为凭借的低下的阶段。该撒何尝不会这样？所以，为了恐怕他有这一天起见，必须早一点防备。既然我们反对他的理由，不是因为他现在有什么可以指责的地方，所以就得这样说：他在现在的地位之上，要是再扩大了他的权力，一定会引起这样这样的后患；我们应当把他当作一颗蛇蛋，与其让它孵出以后害人，不如趁他还在壳里的时候就把他杀死。

【琉息斯重上。

琉　　主人，蜡烛已经点在您的书斋里了。我在窗口找寻

打火石的时候，发现了这封信；我明明记得在我去

睡觉的时候，并没有什么信放在那儿。

勃　你再去睡吧；天还没有亮哩。孩子，明天不是三月

十五吗？

琉　我不知道，主人。

勃　看看日历，回来告诉我。

琉　是，主人。（下）

勃　天上一闪一闪的电光，亮得可以使我读出信上的字

来。（拆信）"勃鲁脱斯，你在睡觉；醒来瞧瞧你自

己吧。难道罗马将要……说话呀，攻击呀，拯救呀！

勃鲁脱斯，你睡着了；醒来吧！"他们常常把这种

煽动的信丢在我的屋子附近。"难道罗马将要……"

我必须替它把意思补足：难道罗马将要处于独夫的

严威之下？什么，罗马？当达昆称王的时候，我们

的祖先曾经把他从罗马的街道上赶走。"说话呀，

攻击呀，拯救呀！"他们请求我仗义执言，挥戈除

暴吗？罗马啊！我允许你，勃鲁脱斯一定会全力把

你拯救！

【琉息斯重上。

琉　　主人，三月已经有十四天过去了。（内叩门声）

勃　　很好。到门口瞧瞧去；有人打门。（琉下）自从凯
　　　歇斯怂恿我反对凯撒那一天起，我一直没有睡过。
　　　在计划一件危险的行动和开始行动之间的一段时间
　　　里，一个人就好像置身于一场可怖的噩梦之中，遍
　　　历种种的幻象；他的精神和身体上的各部分正在彼
　　　此磋商；整个的身心像一个小小的国家，临到了叛
　　　变突发的前夕。

【琉息斯重上。

琉　　主人，您的兄弟凯歇斯在门口，他要来求见您。

勃　　他一个人来吗？

琉　　不，主人，还有些人跟他在一起。

勃　　你认识他们吗？

琉　　不，主人；他们的帽子都拉到耳边，他们的脸孔一
　　　半裹在外套里面，我不能从他们的外貌上认出他们来。

勃　　请他们进来。（琉下）他们就是那一伙党徒。阴谋

啊！你在百鬼横行的夜里，还觉得不好意思显露你
的险恶的容貌吗？啊！那么你在白天什么地方可以
找到一处幽暗的巢窟，遮掩你的奇丑的脸相呢？不
要找寻吧，阴谋，还是把它隐藏在和颜悦色的后面；
因为要是您用本来面目招摇过市，即使幽冥的地府
也不能把你遮掩过人家的眼睛的。

【凯歇斯，开斯加，第歇斯，辛那，茂替勒斯·沁勃，

　及脱雷蓬涅斯等诸党徒同上。

凯　　我想我们未免太冒昧了，打断了您的安息。早安，

　　　勃鲁脱斯；我们惊吵您了吧？

勃　　我整夜没有睡觉，早就起来了。跟您同来的这些人，

　　　我都认识吗？

凯　　是的，每一个人您都认识；这儿没有一个人不敬重

　　　您；谁都希望您能够看重您自己就像每一个高贵的

　　　罗马人看重您一样。这是脱雷蓬涅斯。

勃　　欢迎他到这儿来。

凯　　这是第歇斯·勃鲁脱斯。

勃　　我也同样欢迎他。

凯　　这是开斯加；这是辛那；这是茂替勒斯·沁勃。

勃　　我都是同样欢迎他们。可是各位为了什么烦心的事情，在这样的深夜不去睡觉？

凯　　我可以跟您说句话吗？（勃、凯二人耳语）

第　　这儿是东方；天不是从这儿亮起来的吗？

开　　不。

辛　　啊！对不起，先生，它是从这儿亮起来的；那边镶嵌在云中的灰白色的条纹，便是预报天明的使者。

开　　你们将要承认你们两人都弄错了。这儿我用剑指着的所在，就是太阳升起的地方；在这样初春的季节，它正在南方逐渐增加它的热力；再过两个月，它就要更高地向北方升起，吐射它的烈焰了。这儿才是正东，也就是圣殿所在的地方。

勃　　再让我一个一个握你们的手。

凯　　让我们宣誓表示我们的决心。

勃　　不，不要发誓。要是我们灵魂的受难和这时代的腐恶算不得有力的动机，那么还是早些散了伙，各人回去高枕而卧吧；让凌越一切的暴力肆意横行，每一个人等候着命运替他安排好的死期吧。可是我相信我们眼前这些人心里都有着可以使懦夫奋起的蓬勃的怒焰，都有着可以使柔弱的妇女变为钢铁的坚强的勇气，那么，各位同胞，我们只要凭着我们自己堂皇正大的理由，便可以激励我们改造这当前的局面，何必还要什么其他的鞭策呢？我们都是守口如瓶，言而有信的罗马人，何必还要什么其他的约束呢？我们彼此赤诚相示，倘然不能达到目的，宁愿以身为殉，何必还要什么其他的盟誓呢？祭司们，懦夫们，奸诈的小人，老朽的陈尸腐肉，和这一类自甘沉沦的不幸的人们才有发誓的需要；他们为了不正当的理由，恐怕不能见信于人，所以不得不用誓言来替他们圆谎；可是不要以为我们的宗旨或是我们的行动是需要盟誓的，因为那无异污毁了我们堂堂正正的义举和我们不可压抑的精神；做了一个罗马人，要是对于他已经出口的诺言略微有一点违背之处，那么他身上光荣地载着的每一滴血，就都要蒙上数重的耻辱。

凯　　可是西瑟洛呢？我们要不要探探他的意向？我想他

一定会跟我们全力合作的。

开　　让我们不要把他遗漏了。

辛　　是的，我们不要把他遗漏了。

茂　　啊！让我们招他参加我们的阵线；因为他的白发可
　　　以替我们赢得好感，使世人对我们的行动表示同情。
　　　人家一定会说他的识见支配着我们的手臂；我们的
　　　少年孟浪可以不致于被世人所发现，因为一切都埋
　　　葬在他的老成练达的阅历之下了。

勃　　啊！不要提起他；让我们不要对他说知，因为他是
　　　决不愿跟在后面去干别人所发起的事情的。

凯　　那么不要叫他参加。

开　　他的确不大适宜。

第　　除了该撒以外，别的人一个也不要碰动吗？

凯　　第歇斯，你问得很好。我想玛克·安东尼这样被该撒
　　　所宠爱，我们不应该让他在该撒死后继续留在世上。
　　　他是一个诡计多端的人；你们知道要是他利用他现
　　　在的力量，很可以给我们极大的阻梗；为了防免那
　　　样的可能起见，让安东尼跟该撒一起丧命吧。

勃　　凯易斯·凯歇斯，我们割下了头，再去切断肢体，不

但泄愤于生前，并且牵怒于死后，那未免瞧上去太残忍了；因为安东尼不过是该撒的一只手臂。让我们做献祭的人，不要做屠夫，凯易斯。我们一致奋起反对该撒的精神，我们的目的并不是要他流血；啊！要是我们能够直接战胜该撒的精神，我们就可以不必戕害他的身体。可是唉！该撒必须因此而流血。所以，善良的朋友们，让我们勇敢地，却不是残暴地，把他杀死；让我们把他当作一盘祭神的牺牲而宰割，不要把他当作一具饲犬的腐尸而脔切；让我们的心像聪明的主人一样，在鼓动他们的仆人去行暴以后，再在表面上装作责备他们的神气。这样可以昭示世人，使他们知道我们采取如此步骤，只是迫不得已，并不是出于私心的嫉恨；在世人的眼中，我们将被认为恶势力的清扫者，而不是杀人的凶手。至于玛克·安东尼，我们尽可不必把他放在心上，因为该撒的头要是落下了地，他这条该撒的手臂是无能为力的。

凯勃　可是我怕他，因为他对该撒有很深切的感情，——唉！好凯歇斯，不要想到他。要是他爱该撒，他所能做的事情不过是忧思哀悼，用一死报答该撒；可是那未必是他所做得到的，因为他是一个喜欢游乐放荡交际饮宴的人。

脱　　不用担心他这个人；让他保全了生命吧。等到事过境迁，他会把这种事情付之一笑的。（钟鸣）

勃　　静！听钟声敲几下。

凯　　敲了三下。

脱　　是应该分手的时候了。

凯　　可是该撒今天会不会出来，还是一个问题；因为他近来变得很迷信，从前他对于怪异梦兆这一类事情的那种见解，现在已经完全改变过来了。这种明显的预兆，这晚上空前恐怖的天象，以及他的卜者的劝告，也许会阻止他今天到圣殿里去。

第　　不用担心，要是他决定不出来，我可以叫他改变他的决心；因为他喜欢听人家说犀牛见欺于树木，熊见欺于镜子，象见欺于土穴，人类见欺于谄媚；可是当我告诉他他憎恶谄媚之徒的时候，他就会欣然首肯，不知道他已经中了我深入痒处的谄媚了。让我试一试我的手段；我可以看准他的脾气下手，哄

　　　　　他到圣殿里去。

凯　　　我们大家都要到那边去迎接他。

勃　　　最迟要在八点钟到齐，是不是？

辛　　　最迟八点钟，大家不可有误。

茂　　　凯易斯·利加力斯对该撒也很怀恨，因为他说了邦贝
　　　　　的好话，受到该撒的斥责；你们怎么没有人想到他。

勃　　　啊，好茂替勒斯，带他一起来吧；他对我感情很好，
　　　　　我也有恩于他；叫他到我这儿来，我可以劝他跟我
　　　　　们合作。

凯　　　天正在亮起来了；我们现在要离开您，勃鲁脱斯。
　　　　　朋友们，各人散开去；可是大家记住你们说过的话，
　　　　　显一显你们是真正的罗马人。

勃　　　各位好朋友们，大家脸色放高兴一些；不要让我们
　　　　　的脸上堆起了我们的心事；应当像罗马的伶人一样，
　　　　　用不倦的精神和坚定的仪表肩负我们的重任。祝你
　　　　　们各位早安。（除勃外均下）孩子！琉息斯！睡熟
　　　　　了吗？很好，享受你的甜蜜而沉重的睡眠的甘露吧；
　　　　　你没有那些充满着烦忧的人们脑中的种种幻象，所
　　　　　以你会睡得这样安稳。

【鲍细霞上。

鲍　　勃鲁脱斯，我的主！

勃　　鲍细霞，你来做什么？为什么你现在就起来？你这样娇弱的身体，是受不住清晨的寒风的。

鲍　　那对于您的身体也是同样不适宜的。您也太狠心了，勃鲁脱斯，偷偷地从我的床上溜了出来。昨天晚上吃饭的时候，您也是突然立起身来，在屋子里跑来跑去，交叉着两臂，边想心事边叹气；当我问您为了什么事的时候，您用凶狠的眼光瞪着我；我再向您追问，您就搔您的头，非常暴躁地顿您的脚；可是我仍旧问下去，您还是不回答我，只是怒气冲冲地向我挥手，叫我走开。我因为您在盛怒之中，不愿格外触动您的烦恼，所以就遵从您的意思走开了，心里在希望这不过是您一时的心境恶劣，人是谁都免不了有心里不痛快的时候的。它不让您吃饭说话或是睡觉，要是它能够改变您的形体，就像它改变您的脾气一样，那么勃鲁脱斯，我就要完全不认识您了。我的亲爱的主，让我知道您的忧虑的原因吧。

勃　　我因为身体不舒服，所以有点烦躁。

鲍　　勃鲁脱斯是个聪明人，要是他身体不舒服，他一定
　　　会知道怎样才可以得到健康。

勃　　对了。好鲍细霞，去睡吧。

鲍　　勃鲁脱斯要是有病，他应该松开了衣带，在多露的
　　　清晨步行，呼吸那种潮湿的空气吗？什么！勃鲁脱
　　　斯害了病，他还要偷偷地从温暖的眠床上溜了出去，
　　　向那恶毒的夜气挑战，使他自己病上加病吗？不，
　　　我的勃鲁脱斯，您害的是心里的病，凭着我的地位
　　　和权利，您应该让我知道。我现在向您跪下，凭着
　　　我的曾经受人赞美的美貌，凭着您的一切爱情的誓
　　　言，以及那使我们两人结为一体的伟大的盟约，我
　　　请求您告诉我您的自身，您的一半，为什么您这样
　　　郁郁不乐，今天晚上有什么人来看过您；因为我知
　　　道这儿曾经来过六七个人，他们在黑暗之中还是不
　　　敢露出他们的脸孔。

勃　　不要跪，温柔的鲍细霞。

鲍　　假如您是温柔的勃鲁脱斯，我就用不到下跪。在我
　　　们夫妇的名分之内，告诉我，勃鲁脱斯，难道我是
　　　不应该知道您的秘密的吗？我虽然是您自身的一部

分，可是那只是有限制的一部分，除了陪着您吃饭，在枕席上安慰安慰您，有时候跟您谈谈话以外，没有别的任务了吗？只有当您心里高兴的时候，您才需要我吗？假如不过是这样，那么鲍细霞只是勃鲁脱斯的娼妓，不是他的妻子了。

勃　你是我的忠贞的妻子，正像滋润我的悲哀的心的鲜红的血液一样宝贵。

鲍　这句话倘然是真的，那么我就应该知道您的心事。我承认我只是一个女流之辈，可是我却是勃鲁脱斯娶为妻子的一个女人；我承认我只是一个女流之辈，可是我却是该多的女儿，不是一个碌碌无名的女人。您以为我有了这样的父亲和丈夫，还是跟一般女人同样的不中用吗？把您的心事告诉我，我一定不向人泄漏。我为了试验我自己的坚贞，曾经有意把我的大腿割破；难道我能够忍耐那样的痛苦，却不能保守我丈夫的秘密吗？

勃　神啊！保佑我不要辜负了这样一位高贵的妻子。（内叩门声）听，听！有人在打门，鲍细霞，你先暂时进去；等会儿你就可以知道我的心底的秘密。我要向你解释我的全部的计划，以及藏在我的脑中的一切思想。赶快进去。（鲍下）琉息斯，谁在打门？

【琉息斯率利加力斯重上。

琉　这儿是一个病人，要跟您说话。

勃　凯易斯·利加力斯，刚才茂替勒斯向我提起过的。孩子，站在一旁。凯易斯·利加力斯！怎么？

利　请您允许我这病弱的舌头向您吐出一声早安。

勃　啊！勇敢的凯易斯，您怎么在这样早的时间扶病而起？要是您没有病那才好。

利　要是勃鲁脱斯有什么无愧于荣誉的事情要吩咐我去做，那么我是没有病的。

勃　要是您有一双健康的耳朵可以听我诉说，利加力斯，那么我手头正有这样的一件事情。

利　凭着罗马人所敬拜的一切神明，我现在抛弃了我的疾病。罗马的灵魂！光荣的父祖所生的英勇的子孙！您像一个驱策鬼神的术士一样，已经把我奄奄一息的精神呼召回来了。现在您只要叫我为您奔走，我就会冒着一切的危险迈进，克服一切前途的困难。
您要我做什么事？

勃　　我要叫您干一件可以使病人痊愈的事。

利　　可是我们不是要叫有些不害病的人不舒服吗？

勃　　是的，我们也要叫有些不害病的人不舒服。我的凯
　　　易斯，我们现在就要到我们预备下手的地方去，一
　　　路上我可以告诉你那是件什么工作。

利　　请您举步先行，我用一颗新燃的心跟随您，去干一
　　　件我还没有知道的事情；在勃鲁脱斯的领导之下，
　　　一定不会有错。

勃　　那么跟我来。（同下）

第二场　同前；该撒家中

【雷电交作；该撒披寝衣上。

该　　今晚天地都不得安宁。卡苿妮霞在睡梦之中三次高
　　　声嚷喊，说"救命！他们杀了该撒啦"！里面有人吗？

【一仆人上。

仆　　主人有什么吩咐？

该　　你去叫那些祭司们神前献祭，问问他们我的吉凶休咎。

仆　　是，主人。（下）

【卡苿妮霞上。

卡　　该撒，您要做什么？您想出去吗？今天可不能让您
　　　走出这屋子。

该　　该撒一定要出去。恐吓我的东西只敢在我背后装腔
　　　作势；它们一看见该撒的脸，就会销声匿迹。

卡　　该撒，我从来不讲究什么禁忌，可是现在却有些惴
　　　惴不安。里边有一个人，他除了我们所听到看到的
　　　一切之外，还讲给我听巡夜的人所看见的许多可怕
　　　的异象。一头母狮在街道上生产；坟墓裂开了口，
　　　放鬼魂出来；凶猛的武士在云端里列队交战，他们
　　　的血淋到了圣庙的屋上；战斗的声音在空中震荡，
　　　人们听见马的嘶鸣，濒死者的呻吟，还有在街道上
　　　悲号的鬼魂。该撒啊！这些事情都是从来不曾有过
　　　的，我害怕得很哩。

该　　如果是天意注定的事，难道是人力所能逃避的吗？
　　　该撒一定要出去；因为这些预兆不是给该撒一个人
　　　看，是给所有的世人看的。

卡　　乞丐死了的时候，天上不会有彗星出现；君王们的
　　　凋殒才会上感天象。

该　　懦夫在未死以前，就已经死过好多次；勇士一生只
　　　死一次。在我所听到过的一切怪事之中，人们的贪
　　　生怕死是一件最奇怪的事情，因为死本来是一个人
　　　免不了的结局，它要来的时候谁也不能叫它不来。

【仆重上。

该　卜人们怎么说?

仆　他们叫您今天不要出外走动。他们剖开一头献祭的
牲畜的肚子，预备掏出它的内脏来，不料找来找去
找不到它的心。

该　神明显示这样的奇迹，是要叫懦怯的人知道惭愧;
该撒要是今天为了恐惧而躲在家里，他就是一头没
有心的牲畜。不，该撒决不躲在家里。该撒是比危
险更危险的，我们是两头同日产生的雄狮，我却比
它更长大更凶猛。该撒一定要出去。

卡　唉! 我的主，您的智慧被自信泊没了。今天不要出
去; 就算是我的恐惧把您留在家里，并不是您自己
胆小。我们可以叫玛克·安东尼到元老院去，叫他
对他们说您今天身体不大舒服。让我跪在地上，求
求您答应了我吧。

该　那么就叫玛克·安东尼去说我今天不大舒服; 为了不
忍拂你的意思，我就住在家里吧。

【第歇斯上。

该　第歇斯·勃鲁脱斯来了，他可以去替我告诉他们。

第　该撒，万福！祝您早安，尊贵的该撒；我来接您到
　　元老院去。

该　你来得正好，请你替我去向元老们致意，对他们说
　　我今天不来了；不是不能来，更不是不敢来，我只
　　是不高兴来；就对他们这么说吧，第歇斯。

卡　你说他有病。

该　该撒是叫人去说谎的吗？难道我南征北战，攻下了
　　这许多地方，却不敢对一班白须老头子们讲真话
　　吗？第歇斯，去告诉他们该撒不高兴来。

第　最伟大的该撒，让我知道一些理由，否则我这样告
　　诉了他们，会被他们嘲笑的。

该　我不高兴去，这就是我的理由；你就这样去告诉元
　　老们吧。可是为了我们私人间的感情，我愿意让你
　　知道，我的妻子卡苏妮霞不放我出去。昨天晚上她
　　梦见我的雕像像一座有一百个喷水孔的水池一样，
　　浑身流着鲜血；许多壮健的罗马人欢欢喜喜地都来
　　把他们的手浸在血里。她以为这个梦是不祥之兆，

所以跪着求我今天不要出去。

第　这个梦完全解释错了；那明明是一个大吉大利之兆：
　　您的雕像喷着鲜血，许多欢欢喜喜的罗马人把手浸
　　在血里，这表示伟大的罗马将要从您的身上吸取复
　　活的新血，许多有地位的人都要来向您要求分到一
　　点余泽。这才是卡弗妮霞的梦的真正的意义。

该　你这样解释得很好。

第　我还有一些话要告诉您，您听了以后，就会知道我
　　解释得一点不错。元老院已经决定要在今天替伟大
　　的该撒加冕。要是您叫人去对他们说您今天不去，
　　也许他们会变了卦。而且这种事情给人家传扬出去，
　　很容易变成笑柄，人家会这样说，"等该撒的妻子
　　做过了好梦以后，再开起元老院来吧。"要是该撒
　　躲在家里，他们不会窃窃私语，说，"瞧！该撒在
　　害怕呢"吗？恕我，该撒，因为我对您的深切的关心，
　　使我向您说了这样的话。

该　你的恐惧现在瞧上去是多么傻气，卡弗妮霞！我刚
　　才听了你的话，现在倒有些惭愧起来了。把我的袍
　　子给我，我要去。

【泼勃力斯，勃鲁脱斯，利加力斯，茂替勒斯，开斯加，脱雷蓬涅斯，及辛那同上。

该　　瞧，泼勃力斯来迎接我了。

泼　　早安，该撒。

该　　欢迎，泼勃力斯。啊！勃鲁脱斯，你也这样早就出来了吗？早安，开斯加。凯易斯·利加力斯，你的贵恙害得你这样消瘦，该撒可没有这样欺侮过你哩。现在几点钟啦？

勃　　该撒，已经敲过八点了。

该　　谢谢你们的跋涉和好意。

【安东尼上。

该　　瞧！通宵狂欢的安东尼也已经起身了。早安，安东尼。

安　　早安，最尊贵的该撒。

该　　叫他们里面预备起来；我不该让他们久等。你好，辛那；你好，茂替勒斯；啊，脱雷蓬涅斯！我有可以足足讲一个钟点的话预备跟你谈哩；记住今天你还要来看我一次；站得离开我近一些，免得我把你忘了。

脱　　是，该撒。（旁白）我要站得离开你这么近，让你
的好朋友们将来怪我不站远一些呢。

该　　好朋友们，进去陪我喝口酒；喝过了酒，我们就像
朋友一样，大家一块儿去。

勃　　（旁白）唉，该撒！人家的心可不跟您一样哩。（同下）

第三场 同前；圣殿附近的街道

【阿替密多勒斯上，读信。

阿 "该撒，留心勃鲁脱斯；注意凯歇斯；不要走近开
斯加；看好辛那；不要相信脱雷蓬涅斯；仔细察看
茂替勒斯·沁勃；第歇斯·勃鲁脱斯不喜欢你；凯
易斯·利加力斯受过你的委屈。这些人只有一条心，
那就是要推翻该撒。要是你不是永生不死的，那么
警戒你的四周吧；阴谋是会毁坏了你的安全的。伟
大的神明护佑你！爱你的人，阿替密多勒斯。"
我要站在这儿，等候该撒经过，像一个请愿的人似
的，我要把这信交给他。我一想到德行逃不过争嫉
的利齿，就觉得万分伤心。要是你读了这封信，该
撒啊！也许你还可以活命；否则命运也变成叛徒的
同谋者了。（下）

第四场　同前；同一街道的另一部分，

勃鲁脱斯家门前

【鲍细霞及琉息斯上。

鲍　　孩子，请你快快跑到元老院去；不要停留在这儿回
　　　答我，快去。你为什么还不去？

琉　　我还不知道您要我去做什么事哩，太太。

鲍　　我要你到那边去，去了再回来，可是我说不出我要
　　　你去做什么事。啊，坚强的精神！不要离开我；替
　　　我在我的心和舌头之间堆起一座高山；我有一颗男
　　　子的心，却只有妇女的能力。叫一个女人保守一桩
　　　秘密是一件多大的难事！你还在这儿吗？

琉　　太太，您要我去做什么呢？就是跑到议会里去，没
　　　有别的事了吗？去了再回来，就是这样吗？

鲍　　是的，孩子，你回来告诉我，主人的脸色怎样，因
　　　为他出去的时候，好像不大舒服；你还要留心看好
　　　该撒的行动，向他请愿的有些什么人。听，孩子！

那是什么声音？

琉　　我不听见，太太。

鲍　　仔细听好。我好像听见一阵骚乱的声音，仿佛在吵架似的；那声音从风里传了过来，好像就在圣殿那边。

琉　　真的，太太，我什么都听不见。

【预言者上。

鲍　　过来，朋友；你从那儿来？

预言者　从我自己家里，好太太。

鲍　　现在几点钟啦？

预言者　大约九点钟了，太太。

鲍　　该撒有没有到圣殿里去？

预言者　太太，还没有。我要去拣一处站立的地方，瞧他从街上经过到圣殿里去。

鲍　　你也要向该撒提出什么请愿吗？

预言者　是的，太太，要是该撒为了他自己的好处，愿意听我的话，我要请求他照顾照顾他自己。

鲍　　怎么，你知道有人要谋害他吗？

预言者　我不知道有什么人要谋害他，可是我怕有许多人
要谋害他。再会。这儿街道很狭，那些跟在该撒背
后的元老们，官吏们，还有请愿的民众们，一定拥
挤得很；像我这样瘦弱的人，怕要给他们挤死。我
要去找一处空旷一些的地方，等伟大的该撒走过的
时候，就可以向他说话。（下）

鲍　　我必须进去。唉！女人的心是一件多么软弱的东西！
勃鲁脱斯啊！愿上天保佑你的事业成功。哎哟，给
这孩子听了去啦；勃鲁脱斯要向该撒提出一个请愿，
可是该撒不见得会答应他。啊！我的身子快要支持
不住了。琉息斯，快去，替我致意我的主，说我现
在很快乐。去了你再回来，告诉我他对你说些什么。

（各下）

第三幕

你们宁愿让该撒活在世上，大家作奴隶而死呢，还是让该撒死去，大家作自由人而生？

第一场 罗马；圣殿前；元老院

在上层聚会

【阿替密多勒斯及预言者杂大群民众中上；喇叭奏花

腔；该撒，勃鲁脱斯，凯歇斯，开斯加，第歇斯，

茂替勒斯，脱雷蓬涅斯，辛那，安东尼，勒必特斯，

朴必力斯，泼勃力斯，及余人等上。

该　　（向预言者）三月十五已经来了。

预言者　　是的，该撒，可是它还没有去。

阿　　祝福，该撒！请您把这张单子读一遍。

第　　这是脱雷蓬涅斯的一个卑微的请愿，请您有空把它

　　　看一看。

阿　　啊，该撒！先读我的；因为我的请愿是对该撒很有

　　　关系的。读吧，伟大的该撒。

该　　有关我自己的事情，应当放在末了办。

阿　　不要把它搁置，该撒；立刻就读。

该　　什么！这家伙疯了吗？

泼　　喂，让开。

该　　什么！你们要在街上递呈你们的请愿吗？到圣殿里
　　　来吧。

【该撒走上元老院，余人后随；众元老起立。

朴　　我希望你们今天大事成功。

凯　　什么大事，朴必力斯？

朴　　再见。（至该撒前）

勃　　朴必力斯利那怎么说？

凯　　他希望我们今天大事成功。我怕我们的计划已经泄
　　　漏了。

勃　　瞧，他到该撒面前去了；看着他。

凯　　开斯加，事不宜迟，不要让他们有了防备。勃鲁脱斯，
　　　怎么办？要是事情泄漏，那么也许是凯歇斯，也许
　　　是该撒，总有一个人今天不能回去，因为我们这次
　　　倘然失败，我一定自杀。

勃　　凯歇斯，别慌；朴必力斯·利那并没有把我们的计划
　　　告诉他；瞧，他在笑，该撒也没有变了脸色。

凯　脱雷蓬涅斯很机警，你瞧，勃鲁脱斯，他把玛克·安东尼拉开去了。（安、脱同下；该及众元老就坐）

第　茂替勒斯·沁勃在那儿？叫他立刻过来，向该撒呈上他的请愿。

勃　在叫茂替勒斯了；我们站近些帮他说话。

辛　开斯加，你第一个举起手来。

开　我们都预备好了吗？现在还有什么不对的事情，该撒和他的元老们必须纠正的？

茂　至高无上，威严无比的该撒，茂替勒斯·沁勃在您的座前掬献一颗卑微的心，——（跪）

该　我必须阻止你，沁勃。这种打恭作揖的顽意儿，也许可以煽动平常人的心，使那已经决定了的命令宣判变成儿戏的法律。可是你不要痴心，以为该撒也有那样卑劣的血液，会因为这种可以使傻瓜们感动的甘言美语，弯腰屈膝，和无耻的摇尾乞怜而融化了他的坚强的意志。按照判决，你的兄弟必须放逐出境；要是你奴颜婢膝地为他说情，我就要把你像狗一样踢开去。告诉你，该撒是不会错误的，他所决定的事，一定有充分的理由。

茂　　这儿难道没有一个比我自己更有价值的，在伟大的
　　　该撒耳中更动听的声音，愿意为我放逐的兄弟恳求
　　　撤回成命吗？

勃　　我吻你的手，可是这不是向你献媚，该撒；请你立
　　　刻下令赦免泼勃力斯·沁勃。

该　　什么，勃鲁脱斯！

凯　　开恩吧，该撒；该撒，开恩吧。凯歇斯俯伏在您的
　　　足下，请您赦免泼勃力斯·沁勃。

该　　要是我也跟你们一样，我就会被你们所感动；要是
　　　我也能够用哀求打动别人的心，那么你们的哀求也
　　　会打动我的心；可是我是像北极星一样坚定，它的
　　　不可动摇的性质，在天宇中是无与伦比的。天上布
　　　满了无数的星辰，每一个星辰都是一个火球，都有
　　　它各自的光辉，可是在众星之中，只有一个星卓立
　　　不动。在人世间也是这样；无数的人生活在这世间，
　　　他们都是有血肉有知觉的，可是我知道只有一个人
　　　能够确保他的不可侵犯的地位，任何力量都不能使
　　　他动摇。我就是他；让我在这件小小的事上向你们
　　　证明，我既然已经决定把沁勃放逐，就要贯彻我的

意旨，毫不含糊地执行这一个成命，而且永远不让

他再回到罗马来。

辛　　啊，该撒，——

该　　去！你想把奥林帕斯山一手举起吗？

第　　伟大的该撒，——

该　　勃鲁脱斯不是白白地下跪吗？

开　　好，那么让我的手代替我说话！（众拔剑刺该）

该　　勃鲁脱斯，你也在内吗？那么没落吧，该撒！（死）

辛　　自由！解放！暴君死了！去，到各处街道上宣布这

样的消息。

凯　　去几个人到公共讲坛上，高声呼喊，"自由，解放！"

勃　　各位民众，各位元老，大家不要惊慌，不要跑走；

站定；野心已经偿了它的债了。

开　　到讲坛上来，勃鲁脱斯。

第　　凯歇斯也上去。

勃　　泼勃力斯呢？

辛　　在这儿，他给这场乱子吓呆了。

茂　　大家站在一起不要跑开，也许该撒的同党们——

勃　　别讲这种话。泼勃力斯，放心吧；我们不会加害于你，

也不会加害任何其他的罗马人；你这样告诉他们，
泼勃力斯。

凯　　离开我们，泼勃力斯；也许人民会向我们冲了上来，
连累您老人家受了伤害。

勃　　是的，你去吧；我们干了这种事，我们自己负责，
不要带累了别人。

【脱雷蓬涅斯上。

凯　　安东尼呢？

脱　　吓得逃回家里去了。男人，女人，孩子，大家睁大
了眼睛，乱嚷乱叫，到处奔跑，像是末日到来了一般。

勃　　命运，我们等候着你的旨意。我们谁都免不了一死；
与其在世上偷生苟活，拖延着日子，还不如轰轰烈
烈地死去。

开　　嘿，切断了二十年的生命，等于切断了二十年在忧
生畏死中过去的时间。

勃　　照这样说来，死还是一件好事。所以我们都是该撒
的朋友，帮助他结束了这一段忧生畏死的生命。弯

下身去，罗马人，弯下身去；让我们把手浸在该撒
的血里，一直到我们的肘上；让我们用他的血抹我
们的剑。然后我们就迈步前进，到市场上去；把我
们鲜红的武器在我们头顶挥舞，大家高呼着，"和平，
自由，解放！"

凯 好，大家弯下身去，洗你们的手吧。多少年代以后，
我们这一场壮烈的戏剧，将要在尚未产生的国家，
用我们所不知道的语言表演！

勃 该撒将要在戏剧中流多少次的血，他现在却长眠在
邦贝的像座之下，他的尊严化成了泥土！

凯 后世的人们将要称我们这一群为祖国的解放者，当
他们搬演今天这一幕的时候。

第 怎么！我们要不要就去？

凯 好，大家去吧。让勃鲁脱斯领导我们，让我们用罗
马最勇敢纯洁的心跟随在他的后面。

【一仆人上。

勃 且慢！谁来啦？一个安东尼手下的人。

仆　　勃鲁脱斯，我的主人玛克·安东尼叫我跪在您的面
　　　前，他叫我对您说：勃鲁脱斯是聪明正直，勇敢高
　　　尚的君子，该撒是尊严威猛，慷慨仁慈的豪杰；我
　　　爱勃鲁脱斯，我尊敬他；我畏惧该撒，可是我也爱
　　　他尊敬他。要是勃鲁脱斯愿意保证安东尼的安全，
　　　允许他来见一见勃鲁脱斯的面，让他明白该撒何以
　　　致死的原因，那么玛克·安东尼将要爱活着的勃鲁
　　　脱斯，甚于已死的该撒；他将要竭尽他的忠诚，不
　　　辞一切的危险，追随着高贵的勃鲁脱斯。这是我的
　　　主人安东尼所说的话。

勃　　你的主人是一个聪明勇敢的罗马人，我一向佩服他
　　　的。你去告诉他，请他到这儿来，我们可以给他满
　　　意的解释；我用我的荣誉向他保证，他决不会受到
　　　丝毫的伤害。

仆　　我立刻就去叫他来。（下）

勃　　我知道我们可以跟他做朋友的。

凯　　但愿如此；可是我对他总觉得很不放心。我所疑虑
　　　的事情，往往会成为事实。

【安东尼重上。

勃　安东尼来了。欢迎，玛克·安东尼。

安　啊伟大的该撒！你就这样倒下了吗？你的一切赫赫的勋业，你的一切光荣胜利，都化为乌有了吗？再会！各位壮士，我不知道你们的意思，还有些什么人在你们眼中看来是有毒的，应当替他放血。假如是我的话，那么我能够和该撒死在同一个时辰，让你们手中那沾着全世界最高贵的血的刀剑结果我的生命，实在是再好没有的事。我请求你们，要是你们对我怀着敌视，趁着你们血染的手还在发出热气的现在，赶快执行你们的意旨吧。即使我活到一千岁，也找不到像今天这样好的一个死的机会；让我躺在该撒的旁边，还有比这更好的死处吗？让我死在你们这些当代英俊的手里，还有比这更好的死法吗？

勃　啊安东尼！不要向我们请求一死。虽然你现在看我们好像是这样惨酷残忍，可是你只看见我们血污的手，和它们所干的这一场流血的惨剧，你却还没有看见我们的心，它们是慈悲而仁善的。我们因为不忍看见罗马的人民受到暴力的压迫，所以才不得已把该撒杀死；正像一阵大火把小火吞没一样，更大的怜悯使我们放弃了小小的不忍之心。对于你，玛克·安东尼，我们的剑锋是铅铸的；我们用一切的热情，善意，和尊敬，张开我们友好的手臂欢迎你。

凯　我们重新分配官职的时候，你的意见将要受到同样的尊重。

勃　现在请你暂时忍耐，等我们把惊惶失措的群众安抚好了以后，就可以告诉你为什么我们要采取这样的行动，虽然我在刺死该撒的一刹那还是没有减却我对他的爱敬。

安　我不怀疑你的智慧。让每一个人把他的血手给我：第一，玛格斯·勃鲁脱斯，我要握您的手；其次，凯易斯·凯歇斯，我要握您的手；第歇斯·勃鲁脱斯，茂替勒斯，辛那，还有我的勇敢的开斯加，让我一个一个跟你们握手；虽然是最后一个，可是让我用同样热烈的诚意和您握手，好脱雷蓬涅斯。各位朋友，——唉！我应当怎么说呢？我的信誉现在岌岌可危，你们不以为我是一个懦夫，就要以为我是一个阿谀之徒。啊，该撒！我曾经爱过你，这是一件千真万确的事实；要是你的阴魂现在看着我们，你看见你的安东尼当着你的尸骸之前靦颜事仇，握着你的敌人的血手，那不是要使你觉得比死还难过吗？要是我有像你的伤口那么多的眼睛，我应当让它们流着滔滔的热泪，正像血从你的伤口涌出一样，可是我却背恩忘义，和你的敌人成为朋友了。恕我，裘力斯！你是一头勇敢的鹿，在这儿堕入了猎人的陷阱；啊，世界！你是这头鹿栖息的森林，他是这一座森林中的骄子；你现在躺在这儿，多么像一头中箭的鹿，被许多王子贵人把你射死！

凯　　玛克·安东尼，——

安　　恕我，凯易斯·凯歇斯。即使是该撒的敌人，也会说这样的话；在一个他的朋友的嘴里，这不过是人情上应有的表示。

凯　　我不怪你把该撒这样赞美；可是你预备怎样跟我们合作？你愿意做我们的一个同志呢，还是各行其是？

安　　我因为愿意跟你们合作，所以才跟你们握手；可是因为瞧见了该撒，所以又说到旁的话头上去了，你们都是我的朋友，我愿意和你们大家相亲相爱，可

　　　　是我希望你们能够向我解释为什么该撒是一个危险
　　　　的人物。

勃　　　我们倘没有正当的理由，那么今天这一种举动，完
　　　　全是野蛮的暴行了。要是你知道了我们所以要这样
　　　　干的原因，安东尼，即使你是该撒的儿子，你也会
　　　　心悦诚服。

安　　　那是我所要知道的一切。我还要向你们请求一件事，
　　　　请你们准许我把他的尸体带到市场上去，让我以一
　　　　个朋友的地位，在讲坛上为他说几句追悼的话。

勃　　　我们准许你，玛克·安东尼。

凯　　　勃鲁脱斯，跟你说句话。（向勃旁白）你太不加考
　　　　虑了；不要让安东尼发表他的追悼演说。你不知道
　　　　人民听了他的话，将要受到多大的感动吗？

勃　　　对不起，我自己先要登上讲坛，说明我们杀死该撒
　　　　的理由；我还要声明安东尼将要说的话，事先曾经
　　　　得到我们的许可，我们并且同意该撒可以得到一切
　　　　合礼的身后哀荣。这样不但对我们没有妨害，而且
　　　　更可以博得舆论对我们的同情。

凯　　　我不知道那会引起什么结果；我可不赞成这样办。

勃 玛克·安东尼，来，你把该撒的遗体搬去。在你的哀悼演说里，你不能归罪我们，不过你可以照你所能想到的尽量称道该撒的好处，同时你必须声明你说这样的话，曾经得到我们的许可；要不然的话，我们就不让你参加他的葬礼。还有你必须跟我在同一讲坛上演说，等我演说完了以后你再上去。

安 就是这样吧；我没有其他的奢望了。

勃 那么把尸体拿起来，跟着我们走吧。（除安外同下）

安 啊！你这一块流血的泥土，有史以来一个最高贵的英雄的遗体，恕我跟这些屠夫们曲意周旋。愿灾祸降于溅泼这样宝贵的血的凶手！你的一处处的伤口，好像许多无言的嘴，张开了它们殷红的嘴唇，要求我的舌头替它们向世人伸诉；我现在就在这些伤口上预言：一个咒诅将要降临在人们的肢体上；残暴惨酷的内乱将要使意大利到处陷于混乱；流血和破坏将要成为一时的风尚，恐怖的景象将要每天接触到人们的眼睛，以致于做母亲的人看见她们的婴孩被战争的魔手所肢解，也会毫不在乎地付之一笑；人们因为习惯于残杀，一切怜悯之心将要完全灭绝；该撒的冤魂藉着从地狱的烈火中出来的哀提的协助，将要用一个君王的口气，向罗马的全境发出屠杀的号令，让战争的猛犬四出蹂躏，为了这一个万恶的罪行，大地上将要弥漫着呻吟求葬的肉体的腐臭。

【一仆人上。

安　　你不是伺候奥克泰维斯·该撒的吗？

仆　　是的，玛克·安东尼。

安　　该撒曾经写信叫他到罗马来。

仆　　他已经接到信，正在动身前来；他叫我口头对您说——（见尸体）啊，该撒！——

安　　你的心肠很仁慈，你走开去哭吧。情感是容易感染的，看见你眼睛里悲哀的泪珠，我自己也忍不住流泪了。你的主人就来吗？

仆　　他今晚耽搁在离罗马二十多哩的地方。

安　　赶快回去，告诉他这儿发生的事。这是一个悲伤的罗马，一个危险的罗马，现在还不是可以让奥克泰

维斯安全居住的地方；快去，照这样告诉他。可是
且慢，你必须等我把这尸体搬到市场上去了以后再
回去；我要在那边用演说试探人民对于这些暴徒们
所造成的惨剧有什么反应，你可以根据他们的表示，
回去告诉年青的奥克泰维斯关于这儿的一切情形。
帮一帮我。（二人抬该撒尸体同下）

第二场 同前；市场

【勃鲁脱斯，凯歇斯，及一群市民上。

众市民 我们一定要得到满意的解释；让我们得到满意
的解释。

勃 那么跟我来，朋友们，让我讲给你们听。凯歇斯，
你到另外一条街上去，把听众分散分散。愿意听我
的留在这儿；愿意听凯歇斯的跟他去。我们将要公
开宣布该撒致死的原因。

市民甲 我要听勃鲁脱斯讲。

市民乙 我要听凯歇斯讲；我们各人听了以后，可以把他
们两人的理由比较比较。（凯歇斯及一部分市民下；
勃鲁脱斯登讲坛）

市民丙 尊贵的勃鲁脱斯上去了；静！

勃 请耐心听我讲完。

各位罗马人，各位亲爱的同胞们！请你们静静地听
我解释。为了我的名誉，请你们相信我；尊重我的
名誉，你们就会相信我的话。用你们的智慧批评我；

唤起你们的理智，给我一个公正的评断。要是在今天在场的群众之间，有什么人是该撒的好朋友，我要对他说，勃鲁脱斯也是和他同样地爱着该撒。要是那位朋友问我为什么勃鲁脱斯要起来反对该撒，这就是我的回答：并不是我不爱该撒，可是我更爱罗马。你们宁愿让该撒活在世上，大家作奴隶而死呢，还是让该撒死去，大家作自由人而生？因为该撒爱我，所以我为他流泪；因为他是幸运的，所以我为他欣慰；因为他是勇敢的，所以我尊敬他；因为他有野心，所以我杀死他。我用眼泪报答他的友谊，用喜悦庆祝他的幸运，用尊敬崇扬他的勇敢，用死亡惩戒他的野心。这儿有谁愿意自甘卑贱，做一个奴隶？要是有这样的人，请说出来；因为我已经得罪他了。这儿有谁愿意自居化外，不愿做一个罗马人？要是有这样的人，请说出来；因为我已经得罪他了。这儿有谁愿意自处下流，不爱他的国家？要是有这样的人，请说出来；因为我已经得罪他了。我等待着答复。

众市民　　没有，勃鲁脱斯，没有。

勃　　　那么我没有得罪什么人。我怎样对待该撒，你们也
　　　　可以怎样对待我。他的遇害的经过已经记录在议会
　　　　的案卷上，他的彪炳的功绩不曾被抹杀，他的错误
　　　　既然已经使他伏法受诛，也不曾把它过分地夸大。

【安东尼及余人等抬该撒尸体上。

勃　　　玛克·安东尼护送着他的遗体来了。虽然安东尼并不
　　　　预闻该撒的死，可是他将要享受该撒死后的利益，
　　　　他可以在共和国中得到一个地位，正像你们每一个
　　　　人都是共和国中的一份子一样。当我临去之前，我
　　　　还要说一句话：为了罗马的好处，我杀死了我的最
　　　　好的朋友，要是我的祖国需要我的死，那么无论什
　　　　么时候，我都可以用那同一的刀子杀死我自己。

众市民　　不要死，勃鲁脱斯！不要死！不要死！

市民甲　　用欢呼护送他回家。

市民乙　　替他塑一座雕像，和他的祖先们在一起。

市民丙　　让他做该撒。

市民丁　　让该撒的一切光荣都归于勃鲁脱斯。

市民甲　我们要一路欢呼送他回去。

勃　同胞们，——

市民乙　静！别闹！勃鲁脱斯讲话了。

市民甲　静些！

勃　善良的同胞们，让我一个人回去，为了我的缘故，留在这儿听安东尼有些什么话说。你们应该尊敬该撒的遗体，静听玛克·安东尼赞美他的功业的演说；这是我们已经允许他的。除了我一个人以外，请你们谁也不要走开，等安东尼讲完了他的话。（下）

市民甲　大家别走！让我们听玛克·安东尼讲话。

市民丙　让他登上讲坛；我们要听他讲话。尊贵的安东尼，上去。

安　为了勃鲁脱斯的缘故，我感激你们的好意。（登坛）

市民丁　他说勃鲁脱斯什么话？

市民丙　他说，为了勃鲁脱斯的缘故，他感激我们的好意。

市民丁　他最好不要在这儿说勃鲁脱斯的坏话。

市民甲　这该撒是个暴君。

市民丙　嗯，那是不用说的；幸亏罗马除掉了他。

市民乙　静！让我们听听安东尼有些什么话说。

安　　　各位善良的罗马人，——

众市民　静些！让我们听他说。

安　　　各位朋友，各位罗马人，各位同胞，请你们听我说；
我是来埋葬该撒，不是来赞美他。人们做了恶事，
死后还免不了遭人唾骂，可是他们所做的善事，往
往随着他们的尸骨一齐入土；让该撒也是这样吧。
尊贵的勃鲁脱斯已经对你们说过，该撒是有野心的；
要是真有这样的事，那诚然是一个重大的过失，该
撒也为了它付出惨酷的代价了。现在我得到勃鲁脱
斯和他的同志们的允许，——因为勃鲁脱斯是一个
正人君子，他们也都是正人君子，——到这儿来在
该撒的丧礼中说几句话。他是我的朋友，他对我是
那么忠诚公正；然而勃鲁脱斯却说他是有野心的，
可是勃鲁脱斯是一个正人君子。他曾经带许多俘虏
回到罗马来，他们的赎金都充实了公家的财库；这
可以说是野心者的行径吗？穷苦的人哀哭的时候，
该撒曾经为他们流泪；野心者是不应当这样仁慈的。
然而勃鲁脱斯却说他是有野心的，可是勃鲁脱斯是
一个正人君子。你们大家看见在卢钵葛节的那天，

我三次献给他一顶王冠，三次他都拒绝了；这难道
是野心吗？然而勃鲁脱斯却说他是有野心的，可是
勃鲁脱斯的的确确是一个正人君子。我不是要推翻
勃鲁脱斯所说的话，我所说的只是我自己所知道的
事实。你们过去都曾爱过他，那并不是没有理由的；
那么什么理由阻止你们现在哀悼他呢？唉，理性啊！
你已经遁入了野兽的心中，人们已经失去辨别是非
的能力了。原谅我；我的心现在是跟该撒一起在他
的棺木之内，我必须停顿片刻，等它回到我自己的
胸腔里。

市民甲　　我想他的话说得很有理。

市民乙　　仔细想起来，该撒是有点儿死得冤枉。

市民丙　　列位，他死得冤枉吗？我怕换了一个人来，比他
还不如哩。

市民丁　　你们听见他的话吗？他不愿接受王冠；所以他的
确一点没有野心。

市民甲　　要是果然如此，有几个人将要付重大的代价。

市民乙　　可怜的人！他的眼睛哭得像火一般红。

市民丙　　在罗马没有比安东尼更高贵的人了。

市民丁　现在听好他；他又开始说话了。

安　就在昨天，该撒的一句话可以抵御整个的世界；现
在他躺在那儿，没有一个卑贱的人向他致敬。啊，
诸君！要是我有意想要激动你们的心灵，引起一场
叛乱，那我就要对不起勃鲁脱斯，对不起凯歇斯；
你们大家知道，他们都是正人君子。我不愿干对不
起他们的事；我宁愿对不起死人，对不起我自己，
对不起你们，却不愿对不起这些正人君子。可是这
儿有一张羊皮纸，上面盖着该撒的印章；那是我在
他的卧室里找到的一张遗嘱。只要让民众一听到这
张遗嘱上的话，——原谅我，我现在还不想把它宣
读，——他们就会去吻该撒尸体上的伤口，用手巾
去蘸他神圣的血，还要乞讨他的一根头发回去留作
纪念，当他们临死的时候，将要在他们的遗嘱上郑
重提起，作为传给后嗣的一项贵重的遗产。

市民丁　我们要听那遗嘱；读出来，玛克·安东尼。

众市民　遗嘱，遗嘱！我们要听该撒的遗嘱。

安　耐心吧，善良的朋友们；我不能读给你们听。你们
不应该知道该撒是多么爱你们。你们不是木头，你

们不是石块，你们是人；既然是人，听见了该撒的遗嘱，一定会激起你们心中的火焰，一定会使你们发疯。你们还是不要知道你们是他的后嗣；要是你们知道了，啊！那将会引起一场什么乱子来呢？

市民丁 　读那遗嘱！我们要听，安东尼；你必须把那遗嘱读给我们听，那该撒的遗嘱。

安 　你们不能忍耐一些吗？你们不能等一会儿吗？是我一时失口告诉了你们这件事。我怕我对不起那些用刀子杀死该撒的正人君子；我怕我对不起他们。

市民丁 　他们是叛徒；什么正人君子！

众市民 　遗嘱！遗嘱！

市民乙 　他们是恶人，凶手。遗嘱！读那遗嘱！

安 　那么你们一定要逼迫我读那遗嘱吗？好，那么你们大家环绕在该撒尸体的周围，让我给你们看看那写下这遗嘱的人。我可以下来吗？你们允许我吗？

众市民 　下来。

市民乙 　下来。（安下坛）

市民丙 　我们允许你。

市民丁 　大家站成一个圆圈。

市民甲　不要挨着棺材站着；不要挨着尸体站着。

市民乙　留出一些地位给安东尼，最尊贵的安东尼。

安　　不，不要挨得我这样紧；站得远一些。

众市民　退后！让开地位来！退后去！

安　　要是你们有眼泪，现在准备流起来吧。你们都认识
　　　　这件外套；我记得该撒第一次穿上它，是在一个夏
　　　　天的晚上，在他的营帐里，就在他征服纳维人的那
　　　　一天。瞧！凯歇斯的刀子是从这地方穿过的；瞧那
　　　　狠心的开斯加割开了一道多深的裂口；他所深爱的
　　　　勃鲁脱斯就从这儿刺了一刀进去，当他拔出他那万
　　　　恶的武器的时候，瞧该撒的血是怎样汩汩不断地跟
　　　　着它出来，好像急于涌到外面来，要想知道究竟是
　　　　不是勃鲁脱斯下这样无情的毒手似的，因为你们知
　　　　道，勃鲁脱斯是该撒心目中的天使。神啊，请你们
　　　　判断判断该撒是多么爱他！这是最无情的一击，因
　　　　为当尊贵的该撒看见他行刺的时候，负心，这一柄
　　　　比叛徒的武器更锋锐的利剑，就一直刺进了他的心
　　　　脏，那时候他的伟大的心就碎裂了；他的脸给他的
　　　　外套蒙着，他的血不停地流着，就在邦贝像座之下，

伟大的该撒倒下了。啊！那是一个多么惊人的殒落，
我的同胞们；我，你们，我们大家都随着他一起倒下，
残酷的叛逆却在我们头上耀武扬威。啊！现在你们
流起眼泪来了，我看见你们已经天良发现；这些是
真诚的泪点。善良的人们，怎么！你们只看见我们
该撒衣服上的伤痕，就哭起来了吗？瞧这儿，这才
是他自己，你们看，给叛徒们伤害到这个样子。

市民甲　　啊，伤心的景象！

市民乙　　啊，尊贵的该撒！

市民丙　　啊，不幸的日子！

市民丁　　啊，叛徒！恶贼！

市民甲　　啊，最残忍的惨剧！

市民乙　　我们一定要复仇。

众市民　　复仇！——动手！——捉住他们！——烧！放
　　　　　　火！——杀！——杀！不要让一个叛徒活命。

安　　　　且慢，同胞们！

市民甲　　静下来！听尊贵的安东尼。

市民乙　　我们要听他，我们要跟从他，我们要和他死在
　　　　　　一起。

安　　　好朋友们，亲爱的朋友们，不要让我把你们扇起了这样一场暴动的怒潮。干这件事的人都是正人君子；唉！我不知他们有些什么私人的怨恨，使他们干出这种事来，可是他们都是聪明而正直的，一定有理由可以答复你们。朋友们，我不是来偷取你们的心；我不是一个像勃鲁脱斯那样能言善辩的人；你们大家都知道我不过是一个老老实实，爱我的朋友的人；他们也知道这一点，所以才允许我为他公开说几句话。因为我既没有智慧，又没有口才，又没有本领，我也不会用行动或言语来激动人们的血性；我不过照我心里所想到的说出来；我只是把你们已经知道的事情向你们提醒，给你们看看亲爱的该撒的伤口，可怜的可怜的无言之口，让它们代替我说话。可是假如我是勃鲁脱斯，勃鲁脱斯是安东尼的话，那么那个安东尼一定会鼓起你们的愤怒，让该撒的每一处伤口里都长出一条舌头来，即使罗马的石块也将要大受感动，奋身而起，向叛徒们抗争了。

众市民　　我们要暴动！

市民甲　　我们要烧掉勃鲁脱斯的屋子！

市民丙　那么去！来，捉那些奸贼们去！

安　听我说，同胞们，听我说。

众市民　静些！——听安东尼说，——最尊贵的安东尼。

安　唉，朋友们，你们不知道你们将要去干些什么事。该撒在什么地方值得你们这样爱他呢？唉！你们还没有知道，让我来告诉你们吧。你们已经忘了我对你们说起过的那张遗嘱。

众市民　不错。那遗嘱！让我们先听听那遗嘱。

安　这就是该撒盖印的遗嘱。他给每一个罗马市民七十五个特拉克玛①。

市民乙　最尊贵的该撒！我们要为他的死复仇。

市民丙　啊，伟大的该撒！

安　耐心听我说。

众市民　静些！

安　而且，他还把蒂勃河这一边的他的所有的步道，他的私人的园亭，他的新辟的花圃，全部赠给你们，

————————

　①　特拉克玛（drachma），古希腊货币名，约值英金十辨士不足。——译者注

永远成为你们世袭的产业，供你们自由散步游息之用。这样一个该撒！几时才会有第二个同样的人？

市民甲　再也不会有了，再也不会有了！来，我们去，我们去！我们要在神圣的地方把他的尸体火化，就用那些火把去焚烧叛徒们的屋子。扛起这尸体来。

市民乙　去点起火来。

市民丙　把凳子拉下来烧。

市民丁　把椅子，窗门，什么东西一起拉下来烧。（众市民扛尸体下）

安　现在让它闹起来吧；一场乱事已经发生，随它怎样发展下去吧！

【一仆人上。

安　什么事？

仆　大爷，奥克泰维斯已经到罗马了。

安　他在什么地方？

仆　他跟勒必特斯都在该撒家里。

安　我现在立刻就去看他。他来得正好。命运之神现在很高兴，她会满足我们一切的愿望。

仆　　我听他说勃鲁脱斯和凯歇斯像疯子一样逃出了罗马
　　　的城门。

安　　大概他们已经注意到人民的态度，他们都被我煽动
　　　得十分激昂。领我到奥克泰维斯那儿去。（同下）

第三场　同前；街道

【诗人辛那上。

辛　　昨天晚上我做了一个梦，梦里我跟该撒在一起欢宴；

　　　许多不祥之兆萦回在我的脑际；我实在不想出来，

　　　可是不知不觉地又跑到门外来了。

【众市民上。

市民甲　你叫什么名字？

市民乙　你到那儿去？

市民丙　你住在那儿？

市民丁　你是一个结过婚的人，还是一个单身汉子？

市民乙　回答每一个人的问话，要说得爽爽快快。

市民甲　是的，而且要说得简简单单。

市民丁　是的，而且要说得明明白白。

市民丙　是的，而且最好要说得确确实实。

辛　　我叫什么名字？我到那儿去？我住在那儿？我是一

个结过婚的人，还是一个单身汉子？我必须回答每

一个人的问话，要说得爽爽快快，简简单单，明明

白白，而且确确实实。我就明明白白地回答你们，

我是一个单身汉子。

市民乙　那简直就是说，那些结婚的人都是糊里糊涂的家

伙；我怕你免不了要挨我一顿打。说下去；爽爽快

快地说。

辛　爽爽快快地说，我是去参加该撒的葬礼的。

市民甲　你用朋友的名义去参加呢，还是用敌人的名义？

辛　用朋友的名义。

市民乙　那个问题他已经爽爽快快地回答了。

市民丁　你的住所呢？简简单单地说。

辛　简简单单地说，我住在圣殿的附近。

市民丙　先生，你的名字呢？确确实实地说。

辛　确确实实地说，我的名字是辛那。

市民乙　撕碎他的身体；他是一个奸贼。

辛　我是诗人辛那，我是诗人辛那。

市民丁　撕碎他，因为他做了坏诗；撕碎他，因为他做了

坏诗。

辛　　我不是参加叛党的辛那。

市民乙　　不管它，他的名字叫辛那；把他的名字从他的心里挖出来，再放他去吧。

市民丙　　撕碎他，撕碎他！来，火把！喂！火把！到勃鲁脱斯家里，到凯歇斯家里；烧毁他们的一切。去几个人到第歇斯家里，几个人到开斯加家里，还有几个人到利加力斯家里。去！去！（同下）

第
四
幕

我们现在正在满潮的海上漂浮，倘不能顺水行舟，我们的事业就会一败涂地的。

第一场 罗马；安东尼家中一室

【安东尼，奥克泰维斯，及勒必特斯围桌而坐。

安　　那么这些人都是应该死的；他们的名字上都作了记

号了。

奥　　你的兄弟也必须死；你答应吗，勒必特斯？

勒　　我答应。

奥　　替他作了记号，安东尼。

勒　　可是有一个条件，泼勃力斯也不能让他活命，他是

你的外甥，安东尼。

安　　那么就把他处死；瞧，我用一个黑点注定他的死罪

了。可是勒必特斯，你到该撒家里去一趟，把他的

遗嘱拿来，让我们决定怎样按照他的意旨替他处分

遗产。

勒　　什么！我还是到这儿来找你们吗？

奥　　我们要是不在这儿，你到圣殿里来找我们好了。（勒下）

安　　这是一个不足齿数的庸奴，只好替别人供奔走之劳；

像他这样的人，也配跟我们鼎足三分，在这世界上

称雄道霸吗？

奥　你既然这样瞧不起他，为什么在我们判决那几个人
　　应当处死的时候，却愿意听从他的意见？

安　奥克泰维斯，我比你多了几年人生的经验；虽然我
　　们把这种荣誉加在这个人的身上，使他替我们分去
　　一部分的毁谤，可是他将要负担他的荣誉，就像驴
　　子负担黄金一样，在重荷之下呻吟流汗，不是被人
　　牵曳，就是受人驱策，走一步路都要听我们的指挥；
　　等他替我们把宝物载运到我们预定的地点以后，我
　　们就可以卸下他的负担，把他赶走，让他像一头闲
　　散的驴子一样，耸耸他的耳朵，在旷地上啃嚼他的
　　草料。

奥　你可以照你的意思做；可是他不失为一个经验丰富
　　的勇敢的军人。

安　我的马儿也是这样，奥克泰维斯；因为他久历戎行，
　　所以我才用粮草饲养他。我教我的马儿怎样冲锋作
　　战，怎样转变，怎样住步，怎样向前驰突，它的身
　　体的动作都要受我的精神的节制。勒必特斯也有几
　　分正是如此；他一定要有人教导训练，有人命令他

前进；他是一个没有独立精神的家伙，靠着腐败的废物滋养他自己，只知道掇拾他人的牙慧，人家已经习久生厌的事情，在他却还是十分新奇；不要讲起他，除非把他当作一件家具看待。现在，奥克泰维斯，让我们讲些重大的事情吧。勃鲁脱斯和凯歇斯正在那儿招募兵马，我们必须立刻准备抵御；让我们集合彼此的力量，拉拢我们最好的朋友，运用我们所有的资财；让我们立刻就去举行会议，商讨怎样揭发秘密的阴谋，遏拒公开的攻击的方法吧。

奥　好，我们就去；我们已经到了危亡的关头，许多敌人环伺在我们的四周；还有许多虽然脸上装着笑容，我怕他们的心头却藏着无数的奸谋。（同下）

第二场　萨狄斯附近的营地；

　　勃鲁脱斯营帐之前

【鼓声；勃鲁脱斯，卢西力斯，琉息斯，及军士等上；

泰替涅斯及宾达勒斯自相对方向上。

勃　　喂，站住！

卢　　喂，站住！口令！

勃　　啊，卢西力斯！凯歇斯就要来了吗？

卢　　他快要到了；宾达勒斯奉他主人之命，来向您致敬。

　　（宾以信交勃）

勃　　他信上写得很是客气。宾达勒斯，你的主人近来行
　　动有些改变，也许是他用人失当，使我觉得有些事
　　情办得很不满意；不过要是他就要来了，我想他一
　　定会向我解释的。

宾　　我相信我的尊贵的主人一定会向您证明他还是那样
　　一个忠诚正直的人。

勃　　我并不怀疑他。卢西力斯，我问你一句话，他怎样

接待你？

卢　　他对我很是客气；可是却不像从前那样亲热，辞气
　　　之间，也没有从前那样真诚坦白。

勃　　你所讲的正是一个热烈的友谊冷淡下来的情形。卢
　　　西力斯，你要是看见朋友之间用到不自然的礼貌的
　　　时候，就可以知道他们的感情已经在开始衰落了。
　　　坦白质朴的忠诚，是用不到浮文虚饰的；可是没有
　　　真情的人，就像一匹尚未试步的倔强的驽马，表现
　　　出一副奔腾千里的姿态，等到一受鞭策，就会颠蹶
　　　泥涂，显出庸劣的本相。他的军队有没有开拔？

卢　　他们预备今晚驻扎在萨狄斯；大部分的人马是跟凯
　　　歇斯同来的。

勃　　听！他到了。（内军队轻步行进）轻轻地上去迎接他。

　　　【凯歇斯及军士等上。

凯　　喂，站住！

勃　　喂，站住！口令！

军士甲　站住！

军士乙　　站住！

军士丙　　站住！

凯　　最尊贵的兄弟，你欺人太过啦。

勃　　神啊，判断我。我欺侮过我的敌人吗？要是我没有欺侮过敌人；我怎么会欺侮一个兄弟呢？

凯　　勃鲁脱斯，你用这种庄严的神气掩饰你给我的侮辱；——

勃　　凯歇斯，别恼；你有什么不痛快的事情，请你轻轻地说吧。当着我们这些军士的面前，让我们不要争吵，不要给他看见我们两人的不和。打发他们走开；然后，凯歇斯，你可以到我的帐里来诉说你的怨恨；我一定会听你。

凯　　宾达勒斯，向我们的将领下令，叫他们各人把队伍安顿在离开这儿略远一点的地方。

勃　　卢西力斯，你也去下这样的命令；在我们的会谈没有完毕以前，谁也不准进入我们的帐内。叫琉息斯泰替涅斯替我们把守帐门。（同下）

第三场　勃鲁脱斯帐内

【勃鲁脱斯及凯歇斯上。

凯　　你对我的侮辱，可以在这一件事情上看得出来：你把琉息斯·配拉定了罪，因为他在这儿受萨狄斯人的贿赂；可是我因为知道他的为人，写信来替他说情，你却置之不理。

勃　　你在这种事情上本来就不该写信。

凯　　在现在这种时候，不该为了一点点小小的过失就把人谴责。

勃　　让我告诉你，凯歇斯，许多人都说你自己的手心也很有点儿痒，常常为了贪图黄金的缘故，把官爵出卖给无功无能的人。

凯　　我的手心痒！说这句话的人，倘不是勃鲁脱斯，那么凭着神明起誓，这句话将要成为你的最后一句话。

勃　　这种贪污的行为，因为有凯歇斯的名字作护符，所以惩罚还不曾显出他的威严来。

凯　　惩罚！

勃　　记得三月十五吗？伟大的该撒不是为了正义的缘故

而流血吗？倘不是为了正义，那一个恶人可以加害

他的身体？什么！我们曾经打倒全世界首屈一指的

人物，因为他庇护盗贼，难道就在我们中间，竟有

人甘心让卑污的贿赂玷污了他的手指，为了盈握的

废物，出卖我们伟大的荣誉吗？我宁愿做一头向月

亮狂吠的狗，也不愿做这样一个罗马人。

凯　　勃鲁脱斯，不要向我吠叫；我受不住这样的侮辱。

你这样窘迫我，全然忘记了你自己是什么人。我是

一个军人，经验比你多，我知道怎样处置我自己的

事情。

勃　　哼，不见得吧，凯歇斯。

凯　　我就是这样一个人。

勃　　我说你不是。

凯　　不要再跟我拗，我快要忘记我自己了；留心你的健

康，别再挑拨我了吧。

勃　　去，卑鄙的小人！

凯　　有这等事吗？

勃　　听着，我要说我的话。难道我必须在你的暴怒之下

退让吗？难道一个疯子的怒目就可以把我吓倒吗？

凯　　神啊！神啊！我必须忍受这一切吗？

勃　　这一切！嗯，还有哩。你去发怒到把你骄傲的心都气破了吧；给你的奴隶们看看你的脾气多大，让他们吓得乱抖吧。难道我必须让你吗？我必须伺候你的颜色吗？当你心里烦躁的时候，我必须诚惶诚恐地站在一旁，俯首听命吗？凭着神明起誓，即使你气破了肚子，也是你自己的事；因为从今天起，我要把你的发怒当作我的笑料呢。

凯　　居然会有这样的一天吗？

勃　　你说你是一个比我更好的军人；很好，你拿事实来证明你的夸口吧，那会使我十分高兴的。拿我自己来说，我很愿意向高贵的人学习呢。

凯　　你在各方面侮辱我；你侮辱我，勃鲁脱斯。我说我是一个经验比你丰富的军人，并没有说我是一个比你更好的军人；难道我说过"更好"这两个字吗？

勃　　我不管你有没有说过。

凯　　该撒活在世上的时候，他也不敢这样激怒我。

勃　　闭嘴，闭嘴！你也不敢这样挑惹他。

凯　　我不敢！

勃　　你不敢。

凯　　什么！不敢挑惹他！

勃　　你不敢挑惹他。

凯　　不要太自恃你我的交情；我也许会做出一些将会使
　　　我后悔的事情来的。

勃　　你已经做了你应该后悔的事。凯歇斯，凭你怎样恐
　　　吓，我都不怕；因为正直的居心便是我的有力的护
　　　身符，你那些无聊的恐吓，就像一阵微风吹过，引
　　　不起我的注意。我曾经差人来向你告借几个钱，你
　　　没有答应我；因为我不能用卑鄙的手段搜括金钱；
　　　凭着上天发誓，我宁愿剖出我的心来，把我一滴滴
　　　的血镕成钱币，也不愿从农人粗硬的手里辗转榨取
　　　他们污臭的锱铢。为了分发军队的粮饷，我差人来
　　　向你借钱，你却拒绝了我；凯歇斯可以有这样的行
　　　为吗？我会不会给凯易斯·凯歇斯这样的答复？玛
　　　格斯·勃鲁脱斯要是也会变得这样吝啬，锁住了他
　　　的鄙贱的银箱，不让他的朋友们染指，那么神啊，
　　　用你们的雷火把他击成粉碎吧！

凯　　　我没有拒绝你。

勃　　　你拒绝我的。

凯　　　我没有，传我答复的那家伙是个傻瓜。勃鲁脱斯把

　　　　我的心都劈碎了。一个朋友应当原谅他朋友的过失，

　　　　可是勃鲁脱斯却把我的过失格外夸大。

勃　　　我没有，是你自己对不起我。

凯　　　你不欢喜我。

勃　　　我不欢喜你的错误。

凯　　　一个朋友的眼睛决不会注意到这种错误。

勃　　　在一个佞人的眼中，即使有像奥林帕斯山峰一样高

　　　　大的错误，也会视如不见。

凯　　　来，安东尼，来，年青的奥克泰维斯，你们向凯歇

　　　　斯一个人复仇吧，因为凯歇斯已经厌倦丁人世了；

　　　　被所爱的人所憎恨，被他的兄弟所攻击，像一个奴

　　　　隶似的受人呵斥，他的一切过失都被人注视记录，

　　　　背诵得烂熟，作为当面揭发的罪状。啊！我可以从

　　　　我的眼睛里哭出我的灵魂来。这是我的刀子，这儿

　　　　是我的祖裸的胸膛，这里面藏着一颗比普卢脱斯①

———————————

　　① 普卢脱斯（plutus），司财富之神。——译者注

的宝矿更富有，比黄金更贵重的心；要是你是一个
罗马人，请把它挖出来吧，我拒绝给你金钱，却愿
意把我的心献给你。就像你向该撒行刺一样把我刺
死了吧，因为我知道，即使在你最恨他的时候，你
也爱他远胜于凯歇斯。

勃　　插好你的刀子。你高兴发怒就发怒吧，高兴怎么干
就怎么干吧。啊凯歇斯！你的伙伴是一头羔羊，愤
怒在他的身上，就像燧石里的火星一样，受到重大
的打击，也会发出闪烁的光芒，可是一转瞬间又已
经冷下去了。

凯　　难道凯歇斯的伤心烦恼，只给他的勃鲁脱斯作为笑
料吗？

勃　　我说那句话的时候，我自己也是脾气太坏。

凯　　你也这样承认吗？把你的手给我。

勃　　我连我的心也一起给你。

凯　　啊，勃鲁脱斯！

勃　　什么事？

凯　　我的母亲给了我这副暴躁的脾气，使我常常忘记我
自己，看在我们友谊的情分上，您能够原谅我吗？

勃　　是的，我原谅你；从此以后，要是你有时候跟你的

　　　　勃鲁脱斯过分认真，他会当作是你母亲在那儿发脾

　　　　气，一切都不介意。（内喧声）

诗人　（在内）让我进去瞧瞧两位将军；他们彼此之间有

　　　　些争执，不应该让他们两人在一起。

卢　　（在内）你不能进去。

诗人　（在内）除了死，什么都不能阻止我。

【诗人上，卢西力斯，泰替涅斯，及琉息斯随后。

凯　　怎么！什么事？

诗人　呸，你们这些将军们！你们是什么意思？你们应该

　　　　相亲相爱，做两个要好的朋友；我的话不会有错，

　　　　我比你们谁都活得长久。

凯　　哈哈！这个玩世的诗人吟的诗句多臭！

勃　　滚出去，放肆的家伙，去！

凯　　不要生他的气，勃鲁脱斯；这是他的习惯。

勃　　谁叫他胡说八道的。在这样战争的年代，要这些胡

　　　　诌几句歪诗的傻瓜们做什么用？滚开，家伙！

凯　　去，去！出去！（诗人下）

勃　　卢西力斯，泰替涅斯，传令各将领，叫他们今晚准
　　　备把队伍安营。

凯　　你们传过了令，就带梅萨拉一起回来。（卢，泰同下）

勃　　琉息斯，倒一杯酒来！（琉下）

凯　　我没有想到你会这样动怒。

勃　　啊，凯歇斯！我心里有许多的懊恼。

凯　　要是你让偶然的不幸把你困苦，那么你自己的哲学
　　　对你就是毫无用处了。

勃　　谁也不比我更能忍受悲哀；鲍细霞已经死了。

凯　　吓！鲍细霞！

勃　　她死了。

凯　　我刚才跟你这样拌嘴，你居然没有把我杀死，真是
　　　侥幸！唉，难堪的痛心的损失！害什么病死的？

勃　　她因为焦心我的远别，又听到了奥克泰维斯和玛克·安
　　　东尼的势力这样强大的消息，变成心神狂乱，乘着
　　　仆人不在的时候，把火吞了下去。

凯　　就是这样死了吗？

勃　　就是这样死了。

凯　　　永生的神啊!

【琉息斯持酒及烛重上。

勃　　　不要再说起她。给我一杯酒。凯歇斯,在这一杯酒里,
　　　　我捐弃了一切的猜嫌。(饮酒)

凯　　　我的心企望着这样高贵的誓言,有如渴人的思饮。来,
　　　　琉息斯,给我倒满这一杯,我喝着勃鲁脱斯的友情,
　　　　是永远不会餍足的。(饮酒)

勃　　　进来,泰替涅斯。(琉下)

【泰替涅斯率梅萨拉重上。

勃　　　欢迎,好梅萨拉。让我们现在围烛而坐,讨论我们重
　　　　要的事情。

凯　　　鲍细霞,你去了吗?

勃　　　请你不要说了。梅萨拉,我已经得到信息,说是奥
　　　　克泰维斯那小子跟玛克·安东尼带了一支强大的军
　　　　队,向腓利比进发,要来攻击我们了。

梅　　我也得到过同样的信息。

勃　　你还知道什么其他的事情？

梅　　听说奥克泰维斯，安东尼，和勒必特斯三人用非法的
　　　手段，把一百个元老宣判了死刑。

勃　　那么我们听到的略有不同；我得到的消息是七十个
　　　元老被他们判决处死，西瑟洛也是其中的一个。

凯　　西瑟洛也是一个！

梅　　西瑟洛也被他们判决处死。您没有从您的夫人那儿
　　　得到信息吗？

勃　　没有，梅萨拉。

梅　　别人给您的信上也没有提起她吗？

勃　　没有，梅萨拉。

梅　　那可奇了。

勃　　你为什么问起？你听见什么关于她的消息吗？

梅　　没有，将军。

勃　　你是一个罗马人，请你老实告诉我。

梅　　那么请您用一个罗马人的精神，接受我告诉您的噩
　　　耗：夫人已经死了，而且死得很奇怪。

勃　　那么再会了，鲍细霞！我们谁都不免一死，梅萨拉；

想到她总有一天会死去，使我现在能够忍受这一个
打击。

梅　这才是伟大的人物善处拂逆的精神。

凯　我可以在表面上装得跟你同样镇定，可是我的天性
却受不住这样的打击。

勃　好，讲我们活人的事吧。你们以为我们应不应该立
刻向腓利比进兵？

凯　我想这不是顶好的办法。

勃　你有什么理由？

凯　我的理由是这样的：我们最好让敌人来找寻我们，
这样可以让他们糜费军需，疲劳兵卒，削弱他们自
己的实力；我们却可以以逸待劳，蓄养我们的精锐。

勃　你的理由果然很对，可是我却有比你更好的理由。
在腓利比到这儿之间一带地方的人民，都是因为被
迫而归顺我们的，他们心里都怀着怨望，对于我们
的征敛早就感到不满。敌人一路前来，这些人民一
定会加入他们的队伍，增强他们的力量。要是我们
到腓利比去向敌人迎击，把这些人民留在后方，就
可以避免给敌人这一种利益。

凯　　听我说，好兄弟。

勃　　请你原谅。你还要注意，我们已经集合我们所有的
　　　友人，我们的军队已经达到最高的数量，我们行动
　　　的时机已经完全成熟；敌人的力量现在还在每天增
　　　加之中，我们在全盛的顶点上，却有日趋衰落的危
　　　险。世事的起伏本来是波浪式的，人们要是能够趁
　　　着高潮一往直前，一定可以功成名就；要是不能把
　　　握时机，就要终身蹭蹬，一事无成。我们现在正在
　　　满潮的海上漂浮，倘不能顺水行舟，我们的事业就
　　　会一败涂地的。

凯　　那么就照你的意思办吧；我们要亲自前去，在腓利
　　　比和他们相会。

勃　　我们贪着谈话，不知不觉夜已经深了。疲乏了的精
　　　神，必须休息片刻。没有别的话了吗？

凯　　没有了。晚安；明天我们一早就起来，向前方出发。

勃　　琉息斯！

【琉息斯重上。

勃　　拿我的睡衣来。（琉下）再会，好梅萨拉；晚安，

　　　　泰替涅斯。尊贵的，尊贵的凯歇斯，晚安，愿你好

　　　　好安息。

凯　　啊我的亲爱的兄弟！今天晚上的事情真是不幸；但

　　　　愿我们的灵魂之间再也没有这样的分歧！让我们以

　　　　后不要这样，勃鲁脱斯。

勃　　什么事情都是好好的。

凯　　晚安，将军。

勃　　晚安，好兄弟。

泰、梅　　晚安，勃鲁脱斯将军。

勃　　各位再会。（凯、泰、梅同下）

【琉息斯持睡衣重上。

勃　　把睡衣给我。你的乐器呢？

琉　　就在这儿帐里。

勃　　什么！你说话好像在瞌睡一般？可怜的东西，我不

　　　　怪你；你睡得太少了。把刻劳迪斯和还有什么其他的

　　　　仆人叫来；我要叫他们搬两个垫子来睡在我的帐内。

琉　　伐罗！刻劳迪斯！

【伐罗及刻劳迪斯上。

伐　　主人呼唤我们吗？

勃　　请你们两个人就在我的帐内睡下；也许等会儿我有

　　　事情要叫你们起来到我的兄弟凯歇斯那边去。

伐　　我们愿意站在这儿伺候您。

勃　　我不要这样；睡下来吧，好朋友们；也许我没有什

　　　么事情。瞧，琉息斯，这就是我找来找去找不到的

　　　那本书；我把它放在我的睡衣口袋里了。（伐、刻

　　　睡下）

琉　　我原说您没有把它交给我。

勃　　原谅我，好孩子，我的记性太坏了。你能不能够暂

　　　时撑开你的倦眼，替我弹一两支曲调吗？

琉　　好的，主人，要是您欢喜的话。

勃　　我很欢喜，我的孩子。我太麻烦你了，可是你很愿

　　　意出力。

琉　　这是我的责任，主人。

勃　　我不应该勉强你尽你能力以上的责任；我知道年青
　　　人是需要休息的。

琉　　主人，我早已睡过了。

勃　　很好，一会儿我就让你再去睡睡；我不愿耽搁你太
　　　久的时间。要是我还能够活下去，我一定不会亏待
　　　你。（音乐，琉唱歌）这是一支催眠的乐曲；啊杀
　　　人的睡眠！你把你的铅矛加在为你奏乐的我的孩子
　　　的身上了吗？好孩子，晚安；我不愿惊醒你的好睡。
　　　也许你在瞌睡之中，会打碎了你的乐器；让我替你拿
　　　去了；好孩子，晚安。让我看，让我看，我上次没有
　　　读完的地方，不是把书页折下的吗？我想就是这儿。

【该撒鬼魂上。

勃　　这蜡烛的光怎么这样暗！吓！谁来啦？我想我的眼
　　　睛有点昏花，所以会看见鬼怪。它走近我的身边来
　　　了。你是什么东西？你是神呢，天使呢，还是魔鬼，
　　　吓得我浑身冷汗，头发直竖？对我说你是什么。

鬼　　你的邪恶的灵魂，勃鲁脱斯。

勃　　你来干什么？

鬼　　我来告诉你，你将在腓利比看见我。

勃　　好，那么我将要再看见你吗？

鬼　　是的，在腓利比。

勃　　好，那么我们在腓利比再见。（鬼隐去）我刚才提

　　　起一些勇气，你又不见了；邪恶的灵魂，我还要跟

　　　你谈话。孩子，琉息斯！伐罗！刻劳迪斯！喂，大

　　　家醒醒！刻劳迪斯！

琉　　主人，弦子还没有调准呢。

勃　　他以为他还是在弹他的乐器。琉息斯，醒来！

琉　　主人！

勃　　琉息斯，你做了什么梦，在梦中叫喊吗？

琉　　主人，我不知道我曾经叫喊过。

勃　　你曾经叫喊过。你看见什么没有？

琉　　没有，主人

勃　　再睡吧，琉息斯。喂，刻劳迪斯！你这家伙！醒来！

伐　　主人！

刻　　主人！

勃　　你们为什么在睡梦里大呼小叫的？

伐、刻　　我们在睡梦里叫喊吗，主人？

勃　　嗯，你们瞧见什么没有？

伐　　没有，主人，我没有瞧见什么。

刻　　我也没有瞧见什么，主人。

勃　　去向我的兄弟凯歇斯致意，请他赶快先把他的军队
开拔，我们随后就来。

伐、刻　　是，主人。（各下）

第五幕

现在狂风已经在吹起，

波涛已经在澎湃，船只

要在风浪中颠簸了！

第一场　腓利比平原

【奥克泰维斯及安东尼率军队上。

奥　现在，安东尼，我们的希望已经得到事实的答复了。
你说敌人一定坚守山岭高地，不会下来；事实却并
不如此，他们的军队已经向我们逼近，似乎有意要
在这儿腓利比用先发制人的手段，给我们一个警告。

安　嘿！我熟悉他们的心理，知道他们为什么这样做。
他们的目的无非是想虚声夺人，让我们看见他们的
汹汹之势，认为他们的士气非常旺盛；其实完全不
是这样。

【一使者上。

使者　两位将军，请你们快些准备起来，敌人正在那儿浩
浩荡荡地开过来了；他们已经挂出挑战的旗号，我
们必须立刻布置防御的策略。

安　奥克泰维斯，你带领你的一支军队向战地的左翼缓

缓前进。

奥　　我要向右翼迎击；你去打左翼。

安　　为什么你要在这样紧急的时候跟我闹蹩扭。

奥　　我不跟你闹蹩扭；可是我要这样。（军队行进）

【鼓声；勃鲁脱斯及凯歇斯率军队上；卢西力斯，泰替涅斯，梅萨拉，及余人等同上。

勃　　他们站住了，要跟我们谈判。

凯　　站定，泰替涅斯；我们必须出阵跟他们谈话。

奥　　玛克·安东尼，我们要不要发出交战的号令？

安　　不，该撒，等他们向我们进攻的时候，我们再去应战。上去；那几位将军们要谈几句话哩。

奥　　不要动，等候号令。

勃　　先礼后兵，是不是，各位同胞们？

奥　　我们倒不像您那样喜欢空话。

勃　　奥克泰维斯，良好的言语胜于拙劣的刺击。

安　　勃鲁脱斯，您用拙劣的刺击来说您的良好的言语：瞧您刺在该撒心上的创孔，它们在喊着，“该撒万岁！”

凯　　安东尼，我们还没有领教过您的剑法；可是我们知
　　　　道您的舌头上涂满着蜜，蜂巢里的蜜都给你偷完了。

安　　我没有把蜜蜂的刺也一起偷走吧？

勃　　啊，是的，您连它们的声音也一起偷走了；因为您
　　　　已经学会了在刺人以前，先用嗡嗡的声音向人威吓。

安　　恶贼！你们在该撒的旁边拔出你们万恶的刀子来的
　　　　时候，是连半句声音也不透出来的；你们像猴子一
　　　　样露出你们的牙齿，像狗子一样摇尾乞怜，像奴隶
　　　　一样卑躬屈膝，吻着该撒的脚；该死的开斯加却像
　　　　一条恶狗似的躲在背后，向该撒的脖子上挥动他的
　　　　凶器。啊，你们这些谄媚的家伙！

凯　　谄媚的家伙！勃鲁脱斯，谢谢你自己吧。早依了凯
　　　　歇斯的话，今天决不让他把我们这样信口污辱。

奥　　不用多说；辩论不过使我们流汗，我们却要用流血
　　　　来判断双方的曲直。瞧，我拔出这一柄剑来跟叛徒
　　　　们决战；除非等到该撒身上三十三处伤痕的仇恨完
　　　　全报复或者另外一个该撒也死在叛徒们的刀剑之
　　　　下，这一柄剑是永远不收回去的。

勃　　该撒，你不会死在叛徒们的手里，除非那些叛徒就

在你自己的左右。

奥　　我也希望这样；天生下我来，不是要我死在勃鲁脱

斯的剑上的。

勃　　啊！孩子，即使你是你的家门中最高贵的后裔，能

够死在勃鲁脱斯剑上，也要算是莫大的荣幸呢。

凯　　像他这样一个顽劣的学童，跟一个跳舞喝酒的浪子

在一起，才不值得污我们的刀剑。

安　　还是从前的凯歇斯！

奥　　来，安东尼，我们去吧！叛徒们，我们现在当面向

你们挑战；要是你们有胆量的话，今天就在战场上

相见，否则等你们有了勇气再来。（奥、安率军队下）

凯　　好，现在狂风已经在吹起，波涛已经在澎湃，船只

要在风浪中颠簸了！一切都要信任着不可知的命运。

勃　　喂！卢西力斯！有话对你说。

卢　　什么事，主将？　（勃、卢在一旁谈话）

凯　　梅萨拉！

梅　　主将有什么吩咐？

凯　　梅萨拉，今天是我的生日；就在这一天，凯歇斯诞

生到世上。把你的手给我，梅萨拉。请你做我的见证，

正像从前邦贝一样，我是因为万不得已，才把我们
全体的自由在这一次战役中作孤注之一掷的。你知
道我一向很信仰厄必邱勒斯①的见解；现在我的思
想却改变了，有些儿相信起预兆来了。我们从萨狄
斯开拔前来的时候，有两头猛鹰从空中飞下，栖止
在我们从前那个旗手的肩上；它们常常啄食我们军
士手里的食物，一路上跟我们作伴，一直到这儿腓
利比。今天早晨它们却飞去不见了，代替着它们的，
只有一群乌鸦鸥鸢，在我们的头顶盘旋，好像把我
们当作垂毙的猎物一般；它们的黑影像是一顶不祥
的华盖，掩覆着我们末日在迩的军队。

梅　　不要相信这种事。

凯　　我也不是完全相信，因为我的精神很兴奋，我已经
　　　决心用坚定不拔的意志，抵御一切的危难。

勃　　就是这样吧，卢西力斯。

凯　　最尊贵的勃鲁脱斯，愿神明今天护佑我们，使我们能
　　　够在太平的时代做一对亲密的朋友，直到我们的暮

---

① 厄必邱勒斯（Epicurus），希腊享乐主义派哲学家。——译者注

年！可是既然人事是这样无常，让我们也考虑到
万一的不幸。要是我们这次战败了，那么现在就是
我们最后一次的聚首谈心；请问你在那样的情形之
下，准备怎么办？

勃　　恺多自杀的时候，我曾经对他这一种举动表示不满；
我不知道为什么，可是总觉得为了惧怕可能发生的
祸患而结束了自己的生命，是一件懦弱卑劣的行为；
我现在还是根据这一种观念，决心用坚忍的态度，
等候主宰世人的造化所给予我的命运。

凯　　那么，要是我们失败了，你愿意被凯旋的敌人拖来
拖去，在罗马的街道上游行吗？

勃　　不，凯歇斯，不。尊贵的罗马人，你不要以为勃鲁
脱斯会有一天被人绑缚着回到罗马；他是有一颗太
高傲的心的。可是今天这一天必须结束三月十五所
开始的工作；我不知道我们能不能再有见面的机会，
所以让我们从此永诀吧。永别了，永别了，凯歇斯！
要是我们还能相见，那时候我们可以相视而笑；否
则今天就是我们生离死别的日子。

凯　　永别了，永别了，勃鲁脱斯！要是我们还能相见，

那时候我们一定相视而笑；否则今天真的是我们生离死别的日子了。

勃　好，那么前进吧。唉！要是一个人能够预先知道一天的工作的结果——可是一天的时间是很容易过去的，那结果也总会见到分晓。来啊！我们去吧！（同下）

第二场　同前；战场

【号角声；勃鲁脱斯及梅萨拉上。

勃　梅萨拉，赶快骑马前去，传令那一方面的军队，（号角大鸣）叫他们立刻冲上去，因为我看见奥克泰维斯带领的那支军队打得很没有劲，迅速的进攻可以把他们一举击溃。赶快骑马前去，梅萨拉；叫他们全军向敌人进攻。（同下）

第三场　战场的另一部分

【号角声；凯歇斯及泰替涅斯上。

凯　　啊！瞧，泰替涅斯，瞧，那些坏东西逃得多快。我自己也变成了我自己的仇敌；这是我的旗手，我看见他想要转身逃走，把这懦夫杀了，谁知道他的懦怯却到了我的身上来了。

泰　　啊，凯歇斯！勃鲁脱斯把号令发得太早了；他因为对奥克泰维斯略占优势，自以为胜利在握；他的军队忙着搜掠财物，我们却给安东尼全部包围起来。

【宾达勒斯上。

宾　　再逃远一些，主人，再逃远一些；玛克·安东尼已经进占您的营帐了，主人。快逃，尊贵的凯歇斯，逃得远远的。

凯　　这座山头已经够远了。瞧，瞧，泰替涅斯；那边有火的地方，不就是我的营帐吗？

泰　是的，主将。

凯　泰替涅斯，要是你爱我，请你骑了我的马，着力加鞭，到那边有军队的所在探看探看，再飞马回来向我报告，让我知道他们究竟是友军还是敌军。

泰　是，我就去就来。（下）

凯　宾达勒斯，你给我登上那座山顶；我的眼睛看不大清楚；留意看好泰替涅斯，告诉我你所见到的战场上的情形。（宾登山）我今天第一次透过一口气来；时间在循环运转，我在什么地方开始，也要在什么地方终结；我的生命已经走完了它的途程。喂，看见什么没有？

宾　（在上）啊，主人！

凯　什么消息？

宾　泰替涅斯给许多骑马的人包围在中心，他们都向他策马而前；可是他仍旧向前飞奔，现在他们快要追上他了；赶快，泰替涅斯，现在有人下马了；嗳哟！他也下马了；他给他们捉去了；（内欢呼声）听！他们在欢呼。

凯　下来，不要再看了。唉，我真是一个懦夫，眼看着

我的最好的朋友当着我的面前给人捉去，我自己却
还在这世上偷生苟活！

【宾达勒斯下山。

凯　　过来，小子。你在巴梯亚做了我的俘虏，我免了你的
　　　一死，叫你对我发誓，无论我吩咐你做什么事，你都
　　　要照着做。现在你来，实行你的誓言；我让你从此做
　　　一个自由人；这柄曾经穿过该撒心脏的好剑，你拿着
　　　它望我的胸膛里刺了进去吧。不用回答我的话；来，
　　　把剑柄拿在手里；等我把脸遮上了，你就动手。好，
　　　该撒，我用杀死你的那柄剑，替你复了仇了。（死）

宾　　现在我已经自由了；可是那却不是我自己的意思。
　　　凯歇斯啊，宾达勒斯将要远远离开这一个国家，到
　　　没有一个罗马人可以看见他的地方去。（下）

【泰替涅斯及梅萨拉重上。

梅　　泰替涅斯，双方的胜负刚刚互相抵销；因为一方面

奥克泰维斯被勃鲁脱斯的军队打败，一方面凯歇斯的军队也给安东尼打败。

泰　这些消息很可以安慰安慰凯歇斯。

梅　你在什么地方离开他？

泰　就在这座山上，垂头丧气地跟他的奴隶宾达勒斯在一起。

梅　躺在地上的不就是他吗？

泰　他躺着的样子好像已经死了。啊我的心！

梅　那不是他吗？

泰　不，梅萨拉，这个人从前是他，现在凯歇斯已经不在人世了。啊，没落的太阳！正像你今晚沉没在你红色的光辉中一样，凯歇斯的白昼也在他的赤血之中消隐了；罗马的太阳已经沉没了下去。我们的白昼已经过去；黑云，露水，和危险正在袭来；我们的事业已成灰烬了。他因为不相信我能够不辱使命，所以才干出这件事来。

梅　他因为不相信我们能够得到胜利，所以才干出这件事来。啊，可恨的错误，你忧愁的产儿！为什么你要在人们灵敏的脑海里造成颠倒是非的幻象？你一进入人们的心中，便给他们带来了悲惨的结果。

泰　　喂，宾达勒斯！你在那儿，宾达勒斯？

梅　　泰替涅斯，你去找他，让我去见勃鲁脱斯，把这刺
耳的消息告诉他；勃鲁脱斯听见了这个消息，一定会
比锋利的刀刃，有毒的箭镞贯进他的耳中还要难过。

泰　　你去吧，梅萨拉；我先在这儿找一找宾达勒斯。（梅下）
勇敢的凯歇斯，为什么你要叫我去呢？我不是碰见
你的朋友了吗？他们不是把这胜利之冠加在我的额
上，叫我回来献给你吗？你没有听见他们的欢呼
吗？唉！你误会了一切了。可是请你接受这一个花
环，让我替你戴上去吧；你的勃鲁脱斯叫我把它送
给你，我必须遵从他的命令。勃鲁脱斯，快来，瞧
我怎样向凯易斯·凯歇斯尽我的责任。允许我，神啊；
这是一个罗马人的天职：来，凯歇斯的宝剑，进入
泰替涅斯的心里吧。（自杀）

【号角声；梅萨拉率勃鲁脱斯，小恺多，史脱拉多，
伏伦涅斯，及卢西力斯重上。

勃　　梅萨拉，梅萨拉，他的尸体在什么地方？

梅　　瞧，那边；泰替涅斯正在他旁边哀泣。

勃　　泰替涅斯的脸是向上的。

恺　　他也死了。

勃　　啊裘力斯·该撒！你到死还是有本领的！你的英灵不
　　　　泯，借着我们自己的刀剑，洞穿我们自己的心脏。

　　　　（号角低吹）

恺　　勇敢的泰替涅斯！瞧他替已死的凯歇斯加上胜利之
　　　　冠了！

勃　　世上还有两个和他们同样的罗马人吗？最后的罗马
　　　　健儿，再会了！罗马再也不会产生可以和你匹敌
　　　　的人物。朋友们，我对于这位已死的人，欠着还不
　　　　清的眼泪。——慢慢的，凯歇斯，我会找到我的时
　　　　间。——来，把他的尸体送到泰索斯去；他的葬礼
　　　　不能在我们的营地上举行，因为恐怕影响军心。卢
　　　　西力斯，来；来，小恺多；我们到战场上去。拉琵奥，
　　　　莦雷维斯，传令我们的军队前进。现在还只有三点
　　　　钟；罗马人，在日落以前，我们还要在第二次的战
　　　　争中试探我们的命运。（同下）

第四场 战场的另一部分

【号角声；两方军士交战，勃鲁脱斯，小恺多，卢西
力斯，及余人等上。

勃　　同胞们，啊！振起你们的精神！

恺　　那一个贱种敢退缩不前？谁愿意跟我来？我要在战
场上到处宣扬我的名字：我是玛格斯·恺多的儿子！
我是暴君的仇敌，祖国的朋友；我是玛格斯·恺多
的儿子！

勃　　我是勃鲁脱斯，玛格斯·勃鲁脱斯就是我；勃鲁脱斯，
祖国的朋友；请认明我是勃鲁脱斯！（追击敌人下；
恺多被敌军围攻倒地）

卢　　啊，年青高贵的恺多，你倒下了吗？啊，你现在像
泰替涅斯一样勇敢地死了，你死得不愧为恺多的
儿子。

军士甲　不投降就是死。

卢　　我愿意投降，可是看在这许多钱的面上，请你们把
我立刻杀死。（取钱赠军士）你们杀死了勃鲁脱斯，

也算立了一件大大的功劳。

军士甲　　我们不能杀你。一个尊贵的俘虏!

军士乙　　喂,让开!告诉安东尼,勃鲁脱斯已经捉住了。

军士甲　　我去传报这消息。主将来了。

【安东尼上。

军士甲　　主将,勃鲁脱斯已经捉住了。

安　　　他在那儿?

卢　　　安东尼,勃鲁脱斯还是安然无恙。我敢向你说一句,
　　　　没有一个敌人可以把勃鲁脱斯活捉;神明保佑他不
　　　　致于遭到这样的耻辱! 你们找到他的时候,不论是
　　　　死的还是活的,他一定会保持他的堂堂的荣誉。

安　　　朋友,这个人不是勃鲁脱斯,可是也不是一个等闲
　　　　之辈。不要伤害他,把他好生看待。我希望我有这
　　　　样的人做我的朋友,而不是做我的仇敌。去,看看
　　　　勃鲁脱斯有没有死;有什么消息就到奥克泰维斯的
　　　　营帐里来报告我们。(各下)

第五场 战场的另一部分

【勃鲁脱斯，达但涅斯，克利脱斯，史脱拉多，及伏
伦涅斯上。

勃　来，残余下来的几个朋友，在这块岩石上休息休息吧。

克　我们望见斯退替力斯的火把，可是他没有回来；大
　　概不是捉了去就是死了。

勃　坐下来，克利脱斯。他一定死了；多少人都死了。
　　听着，克利脱斯。（向克耳语）

克　什么，我吗，主人？不，那是万万不能的。

勃　那么算了！不要多说话。

克　我宁愿自杀。

勃　听着，达但涅斯。（向达耳语）

达　我必须干这样一件事吗？

克　啊，达但涅斯！

达　啊，克利脱斯！

克　勃鲁脱斯要求你干一件什么坏事？

达　他要我杀死他，克利脱斯。瞧，他在出神呆想。

克　　他的高贵的心里装满了悲哀，甚至于在他的眼睛里
　　　　流露出来。

勃　　过来，好伏伦涅斯，听我说一句话。

伏　　主将有什么吩咐？

勃　　是这样的，伏伦涅斯。该撒的鬼魂曾经两次在夜里
　　　　向我出现；一次在萨狄斯，一次就是昨天晚上，在
　　　　这儿腓利比的战场上。我知道我的末日已经到了。

伏　　不会有的事，主将。

勃　　不，我确信我的末日已经到了，伏伦涅斯。你看大
　　　　势已经变化到什么地步；我们的敌人已经把我们逼
　　　　到了山穷水尽之境，与其等待他们来把我们推落深
　　　　坑，还不如自己先跳下去。好伏伦涅斯，我们从前
　　　　曾经在一起求学，看在我们旧日的交情分上，请你
　　　　拿着我的剑柄，让我伏剑而死。

伏　　主将，那不是一件可以叫一个朋友做的事。（号角声
　　　　继续不断）

克　　快逃，快逃，主人！这儿是不能久留的。

勃　　再会，你，你，还有你，伏伦涅斯。史脱拉多，你
　　　　已经瞌睡了这大半天，再会了，史脱拉多。同胞们，

我很高兴在我的一生之中，只有他还尽忠于我。我今天虽然战败了，可是将要享有比奥克泰维斯和玛克·安东尼在这次卑鄙的胜利中所得到的更大的光荣。大家再会了；勃鲁脱斯的舌头已经差不多结束了他一生的历史；暮色罩在我的眼睛上，我的筋骨渴想得到它劳苦已久的安息。（号角声；内呼声，"逃啊，逃啊，逃啊！"）

克 快逃吧，主人，快逃吧。

勃 去！我就来。（克、达、伏同下）史脱拉多，请你不要去，陪着你的主人。你是一个心地很好的人，你的为人还有几分义气；拿着我的剑，转过你的脸，让我对准剑锋扑上去。你肯不肯这样做，史脱拉多？

史 请您先允许我握一握您的手；再会了，主人。

勃 再会了，好史脱拉多。（扑身剑上）该撒，你现在可以瞑目了；我杀死你的时候，还不及现在一半的勇决。（死）

〔号角声；吹退军号；奥克泰维斯，安东尼，梅萨拉，卢西力斯，及军队上。

奥　那是什么人？

梅　我的主将的仆人。史脱拉多，你的主人呢？

史　他已经永远脱离了加在你身上的那种束缚了，梅萨
拉；胜利者只能在他身上举起一把火来，因为只有
勃鲁脱斯能够战胜他自己，谁也不能因他的死而得
到荣誉。

卢　勃鲁脱斯的结果应当是这样的。谢谢你，勃鲁脱斯，
因为你证明了卢西力斯的话并没有说错。

奥　所有跟随勃鲁脱斯的人，我都愿意把他们收留下来。
朋友，你愿意跟随我吗？

史　好，只要梅萨拉肯把我举荐给您。

奥　你把他举荐给我吧，好梅萨拉。

梅　史脱拉多，我们的主将怎么死的？

史　我拿了剑，他扑了上去。

梅　奥克泰维斯，他已经为我的主人尽了最后的义务，
您把他收留了下来吧。

安　在他们那一群中间，他是一个最高贵的罗马人；除
了他一个人以外，所有的叛徒们都是因为妒嫉该撒

而下他们的毒手；只有他才是激于正义的思想，为了大众的利益，而去参加他们的阵线。他一生良善，交织在他身上的各种美德，可以使造物肃然起立，向全世界宣告，"这是一个汉子！"

奥　　让我们按照他的美德，给他应得的礼遇，替他殡葬如仪。他的尸骨今晚将要安顿在我的营帐里，他必须充分享受一个军人的荣誉。现在传令全军安息；让我们去分派今天的胜利的光荣吧。（同下）

附

录

关于"原译本"的说明

文 / 朱尚刚

朱生豪从 1935 年做准备工作开始，历时近十年，完成了 31 部莎剧的翻译工作，虽然最终未能译完全部莎翁剧作，但已经为将这位世界文坛巨匠介绍给中国人民做出了卓越的贡献。朱生豪译莎以"保持原作之神韵"为首要宗旨，他的译作也的确实现了这个宗旨，至今仍受到读者的欢迎和学界的高度评价。

朱生豪的译莎工作是在贫病交加、极端困难的情况下进行的。日本侵略者的炮火两度摧毁了他已经完成的几乎全部译稿和辛苦搜集起来的各种莎剧版本、注释本和大量参考资料，在最后为译莎而以命相搏的时候，手头"仅有的工具书，只是两本词典——牛津词典和英汉四用辞典。既无其他可以参考的书籍，更没有可以探讨质疑的师友"。而且他当时毕竟还是一个阅历不深的年轻人，虽然有着出众的才华，然而翻译作品中存在各种各样的缺陷和疏漏是完全可以想象的。

朱生豪的遗译最早于 1947 年由世界书局出版（收入除历史剧外的剧本 27 种），以后于 1954 年由作家出版社出版

了包括全部朱生豪译作的《莎士比亚戏剧集》。上世纪 60
年代初期，人民文学出版社组织了一批国内一流的专家对朱
译莎剧进行校订和补译，原打算在 1964 年纪念莎翁 400 周
年诞辰时出版完整的《莎士比亚全集》，后因各种原因一直
到 1978 年才得以问世。

《莎士比亚全集》的出版，是我国一代莎学大师通力合
作取得的划时代的成就。经校订的朱译莎剧，在很大程度上
纠正了原译本因各种主客观原因而产生的缺陷和疏漏，并体
现了当时在英语语言和莎学研究上的新成果，是对朱生豪译
莎事业的进一步提升和完善。我对这一代莎学前辈们的努力
表示真挚的感谢和崇高的敬意！

上世纪九十年代后期，为反映新时代语言的发展和新的
学术成果，译林出版社再次组织专家进行了对朱译莎剧的校
订，并出版了新的校订本。

校订过程中除了对一些理解或表达方面的缺疵进行修改
外，反映较多的是原译本中"漏译"的内容。实际上我相信
朱生豪真正因为"疏忽"而漏译的情况即使不是绝对没有，
也应该是极少的。我估计，有些地方可能是因为当时的客观
条件实在太差，有些地方实在难以理解又没有任何资料可以
查考，因此在不影响剧本相对顺畅性的前提下只能跳过去了。

而更多的情况下是有些内容和说法似乎有点"不雅"，朱生豪出于中国传统的思维习惯，就把这些"不雅"的东西删去了。这种做法是否合适是有待商榷的，但也在一定程度上反映了那个特定的时代，特定的阶层，特定的译者的思维方式和特征。

莎士比亚的话题是说不尽的，同样，对莎士比亚的翻译和研究也是说不尽的。经校订的朱译莎剧无疑是对原译稿的改善，但从某种意义上来说，校订者和原译者的思维定式和语言习惯难免有所不同，因此也有读者感到经校订后的译文在语言风格的一致性等方面受到了影响，还有学者对某些修改之处也提出存疑。这些也是很正常的现象，再好的校订本也需要在实践和历史中经受检验，进一步地"校订"和完善。

也是出于这样的考虑，社会上对未经"校订"的朱生豪原译本也产生了相当的兴趣，希望能看到完全体现朱生豪翻译风格，能反映那个时代的语言习惯和学术水平的原译本，看到一个本色的朱生豪译本（包括他的错漏之处）。这在我们这个多元化的社会中应该是一个合理的希求。这次中国青年出版社出版这套原译本系列，正是顺应了这样一种需求，并借此来表达对我的父亲——朱生豪诞辰100周年的纪念之情。我对此表示真挚的谢意！

译者自序

（原文收录于1947年版《莎士比亚戏剧全集》）

　　于世界文学史中，足以笼罩一世，凌越千古，卓然为词坛之宗匠，诗人之冠冕者，其唯希腊之荷马，意大利之但丁，英之莎士比亚，德之歌德乎。此四子者，各于其不同之时代及环境中，发为不朽之歌声。然荷马史诗中之英雄，既与吾人之现实生活相去过远；但丁之天堂地狱，复与近代思想诸多抵牾；歌德去吾人较近，彼实为近代精神之卓越的代表。然以超脱时空限制一点而论，则莎士比亚之成就，实远在三子之上。盖莎翁笔下之人物，虽多为古代之贵族阶级，然彼所发掘者，实为古今中外贵贱贫富人人所同具之人性。故虽经三百余年以后，不仅其书为全世界文学之士所耽读，其剧本且在各国舞台与银幕上历久搬演而弗衰，盖由其作品中具有永久性与普遍性，故能深入人心如此耳。

　　中国读者耳莎翁大名已久，文坛知名之士，亦尝将其作品，译出多种，然历观坊间各译本，失之于粗疏草率者尚少，失之于拘泥生硬者实繁有徒。拘泥字句之结果，不仅原作神味，荡焉无存，甚且艰深晦涩，有若天书，令人不能卒读，此则译者之过，莎翁不能任其咎者也。

余笃嗜莎剧，尝首尾研诵全集至十余遍，于原作精神，自觉颇有会心。廿四年春，得前辈同事詹文浒先生之鼓励，始着手为翻绎全集之尝试。越年战事发生，历年来辛苦搜集之各种莎集版本，及诸家注释考证批评之书，不下一二百册，悉数毁于炮火，仓卒中惟携出牛津版全集一册，及译稿数本而已。厥后转辗流徙，为生活而奔波，更无暇晷，以续未竟之志。及三十一年春，目观世变日亟，闭户家居，摈绝外务，始得专心壹志，致力译事。虽贫穷疾病，交相煎迫，而埋头伏案，握管不辍。凡前后历十年而全稿完成，（案译者撰此文时，原拟在半年后可以译竟。讵意体力不支，厥功未就，而因病重辍笔）夫以译莎工作之艰巨，十年之功，不可云久，然毕生精力，殆已尽注于兹矣。

余译此书之宗旨，第一在求于最大可能之范围内，保持原作之神韵；必不得已而求其次，亦必以明白晓畅之字句，忠实传达原文之意趣；而于逐字逐句对照式之硬译，则未敢赞同。凡遇原文中与中国语法不合之处，往往再四咀嚼，不惜全部更易原文之结构，务使作者之命意豁然呈露，不为晦涩之字句所掩蔽。每译一段竟，必先自拟为读者，察阅译文中有无暧昧不明之处。又必自拟为舞台上之演员，审辨语调之是否顺口，音节之是否调和。一字一句之未惬，往往苦思累日。然才力所限，未能尽符理想；乡居僻陋，既无参考之书籍，又鲜质疑之师友。谬误之处，自知不免。所望海内学人，惠予纠正，幸甚幸甚！

原文全集在编次方面，不甚惬当，兹特依据各剧性质，分为"喜剧"、"悲剧"、"杂剧"、"史剧"四辑，每辑各自成一系统。读者循是以求，不难获见莎翁作品之全貌。昔卡莱尔尝云，"吾人宁失百印度，不愿失一莎士比亚。"夫莎士比亚为世界的诗人，固非一国所可独占；倘因此集之出版，使此大诗人之作品，得以普及中国读者之间，则译者之劳力，庶几不为虚掷矣。知我罪我，惟在读者。

生豪书于三十三年四月。

图书在版编目（CIP）数据

该撒遇弑记／〔英〕莎士比亚（Shakespeare,W.）著；
朱生豪译．—北京：中国青年出版社，2013.4
（新青年文库·莎士比亚戏剧朱生豪原译本全集）
ISBN 978-7-5153-1469-3

I. ①该… II. ①莎… ②朱… III. ①历史剧 – 剧本 – 英国 – 中世纪
IV. ① I561.33

中国版本图书馆 CIP 数据核字 (2013) 第 044696 号

书　　名：该撒遇弑记
著　　者：【英】莎士比亚
译　　者：朱生豪
审　　订：朱尚刚
责任编辑：庄庸　王昕
特约策划：张瑞霞
特约编辑：于晓娟
出版发行：中国青年出版社
社　　址：北京东四十二条21号
邮政编码：100708
网　　址：www.cyp.com.cn
门 市 部：（010）57350370
印　　刷：三河市君旺印刷厂
经　　销：新华书店

开　　本：700×1000　1/32
印　　张：5
字　　数：150 千字
版　　次：2013 年 5 月北京第 1 版印刷
印　　次：2013 年 5 月河北第 1 次印刷
印　　数：0,001–3,000 册
定　　价：19.80 元

本图书如有印装质量问题，请凭购书发票与质检部联系调换
联系电话：（010）57350337